郑小琼 著

庭院的鸟群

作家出版社

目 录

第一辑　白云山诗篇

上山　003

朝露　005

在溪边　006

暮色　008

山塘　009

夜访能仁寺　010

望山　011

鹭声　012

独坐　013

榕树下　014

在摩星岭等待日出　015

短暂的　016

雾中梅花谷　018

麓湖　019

孤寂之物　020

群山记　021

松鼠　022

夜读《空山》 023

山谷四月 024

啄木鸟 025

在蒲涧 026

榀树林 027

园林盆景记 028

秋山独行 029

冬夜山中 030

春夜听树 031

星空翻腾 032

雪意 034

皱褶 036

林间小径 038

三种事物 039

鸣春谷 041

滴水岩 042

山中读诗 043

孤独 045

在墓地 046

第二辑　庭院的鸟群

乌鸫 049

鸥鸟 051

杜鹃 053

喜鹊 055

画眉 056

云雀 058

麻雀 059

鹃鸟 061

鹦鸟 063

鹤 065

燕子 066

雉鸟 068

晨鸟 069

十月之夜 070

给表兄 071

球鳞状的孤独 072

喘息的命运 074

仿佛什么都没有发生 076

江畔 078

雨中乐器 080

夹竹桃 082

菜园记 084

后园记 086

旷野 087

四月之雨 088

003

蜡烛　089

花园记　090

阴影部分　091

季风　092

蕨类　094

山中望星　095

白露山行遇古树　096

第三辑　俗世与孤灯

窗外　099

秋日　101

二月　102

表姐　103

奇迹　104

给L　105

秋天的修辞学　106

诗歌问题　107

十月纪事　108

春居　109

晚唐发钗　110

蓟的黄昏　111

威尼斯或扬州　112

书生故居　113

猫与月　114

春耕所见　115

暮色橘林　116

成长　117

院中寂坐　118

奈良物语　119

暮春郊游　120

雨夜闻笛　121

秋夜群星　122

魏晋幽远　123

秋天一日　124

春日细雨　125

水边之鸟　126

秋夜之形　127

水　128

江南旧院　129

隐逸小镇　130

颜色　131

夏日池塘　132

隐贤寺　133

江夜　134

月夜喂马　135

过墙之花　136

月之三章　137

暮色遇鹿　138

下落不明　139

在树林中　140

蝴蝶与马　141

祖母的雨　142

莨草　143

山寺小憩　144

松间明月　145

幽暗之星　146

刺槐　147

栀子的纹理　148

暮憩　149

半山凉亭　150

残山剩水　151

山间遇鹤　152

铁路公园　153

在海湾　154

惠东海边　155

书生故居　156

栎树林中　157

第四辑　道法自然

诗艺　161

道法自然　162

在黄麻岭的午夜　164

天空　165

逝者如斯夫　166

傍晚　168

公园　169

生锈　171

夜晚　172

勇气　174

只有月光从纯真的天空滑过　176

冬日遇鸟　177

时间丰盛的肉体　180

梦想在防腐油里盛开　182

歌唱　184

机器内部的月亮　185

散步　186

偶遇　188

齿轮间的爱情　189

钨钢刀　192

鲱鱼向大海传递……　194

祖先的诗句　196

灯光　197

安慰　199

尘世　200

走着　201

蓝　203

四月　205

后　记

当我唱完了那首歌谣，群星皆已熄灭　209

第一辑
白云山诗篇

上山

一路上,我们谈论山道上的栎树林
在浓密的雾间,它们安静而肃穆
我伸长手臂测量它们的直径
几株藤蔓从它们的躯体垂了下来
我说起空空荡荡的寂静
山道摇晃的树枝,路旁孤独的
石头,我们谈王维空灵的诗意
山水画的意境,空白的禅意
远处,空空荡荡的静与幻象
你认出道边茱萸、木槿、野山茶
我们谈论它们的习性与功能
那边的藤萝在榕树间垂下绿色的波浪
而栎树林中巨大的寂静与空旷
沿通往山寺的山道,只有安静
在山道悬挂有力的安静
此刻,几只鸟飞过不远处的栎树林
它们的叫声,仿佛伸长枝杈的栎树

当蓝色的雾从对面山头漫了过来

我们把鸟鸣留在背后静寂的树林

朝露

朝露沿松树林落在苦艾叶上
群山安稳地从两边耸起
山口：起飞的树，凝固的寂静
两颗孤独的晨星陨落在寥廓中
我们坐在松树下，没有出声
三五颗松针落在我们的头顶
几声鸟鸣被雾气淹没、融化
空气像浮冰样纯粹而干净
宁静从松枝下悬挂
远处的河流在早晨的灰色间
它泛白的水面闪着雾与光
一枚松果落在我们怀中，你说
它在测试着我们内心的孤寂
而此刻，我们坐着，谈论沉重的肉体
禅、露珠样短暂的浮世，不远处
栎树林将它们的身体涌向山顶
几棵野花把身体俯向大地……

在溪边

在溪边，我以为波浪是永恒的
它们日夜流淌，发出古老的声响
又迅速地扑向岸边，缓缓消逝
江风吹拂洋槐树与风信子
菁草摇曳春天的幻影，闪亮的空寂
在江面颤震，栎树林的上空飘过
一朵心形的白云，一小块野葡萄林
布满江边的山谷，溪流像群山的裂缝
几棵尾叶桉树让我着迷，树皮剥落
白色的躯体仿佛我胸中的块垒
那塞楝树与南洋楹投下浓重的阴影
几株油茶与吴茱萸兀自站在坡地
一棵折断的紫薇树把树枝伸向
溪边的蕨类与荆豆，在遥远的河滩
几只牛啃食着野草，一小块荒芜的菜地
只有芭茅与芒草，几棵曲柳上停着
灰脖子的鸟，它们的鸣叫传递春天的弧度

我还在江边寻找那些无形的波浪
那合拢的碎浪间有一股谦卑的力量
从瀑布折进溪流，复注入江河
那山间狂野的硬汉变成沉默的渺茫

暮色

黄昏的光线在平坦的原野奔跑
我从枝杈间细小的光线间聆听
一只只蛾蚋对火与光的救赎
一些灰尘漫起窸窸窣窣的声响
菟丝草沿棘刺丛向远方无尽延伸
清凉的月亮以缓慢的姿势涌上山岭
空荡的平原一棵秋秸花在等待着风
吹过穷途之路的暮色,野鹭鸶在溪边
跟自己的阴影谈论日渐凋零的秋天
湿润而清晰的寂静,从远处的栎树林间
溢出,它无瑕的醇郁,有时我仰望
从苍穹间溢出的星辰,它们沉默——
像溪流里的白色石头,它们在头顶
嗡嗡作响,带着潮汐野蛮的力量
它们穿过漫长而孤寂的岁月将光线
投照在我的心坎,我能感受它们
舒缓、缥缈的细腻,此刻我穿过
溪边的榕树林,渺小的月亮长照

山塘

从山谷的池塘间捕获早春的寂静
它潮湿而清晰的寒意来自溪流的内部
古樟树垂下古老的阴凉与巨大的静穆
三两只鸭子用蹼划开山间寺庙的经声
溪边的松树林间沁满鹧鸪鸟声的汁液
在人迹罕至的山谷,几棵白花檵木
它们白色的花瓣飘满蜿蜒的山径
穿过竹林的虫鸣曲折而丰盈
倔强的枫树和悬铃木屈身于池塘
灰鹤站在碣石凝视从水面折射条形的光
那隐秘形体间的蚊蚋与灰尘,它们短暂的
宿命,有时它低头审视留在石头上的阴影
用尖锐的喙梳理着羽毛和波浪间的皱褶
树林间漏下的光线带着早春的花香
蕨类植物的安宁,我站在树下
从树叶间滴下来露珠样的寂静
在我的四肢恣意地伸展,像波浪
沿着池塘在空旷的山谷延续

夜访能仁寺

暮色加深乱石丛生中那棵桉树的腔调
透过树荫下清苦的苔藓和干涸的溪流
星辰到我的身边聚集，向左的山道边
连绵数里的杜鹃坡，中间夹杂野牡丹
茂盛的垂柳吸引萤虫飞舞，灌木里的巨石
有一种简易的美，夜色潜入未知的山谷
明月沿栎树林上升，寂寂的声音挤满
山岭的皱褶，竹林间的溪流有清晰的感知
我所愉悦的寂静正被时代与繁星消减
它们一点点退回成为阴凉处的小块地衣
以及山体滑坡处昆虫的鸣叫，浩荡的
钟声抬高了能仁寺的位置，高耸的
凤凰木隐身于紫荆花丛，杉树枝的阴影
压弯了旧墓的石碑，在凛冽的晚风间
那些在树林深处游荡的灵魂……

望山

夜空在山谷间制造出一块块未知的形状
星辰在高处傲视千古悠悠
古木香樟树在半山腰呈现历史的复杂性
低处的溪流孕育真理的简朴与深沉
我们在山道间游荡,穿行于世俗的荆刺与松树林
寒武纪的岩石充满虚构的力量
废弃的界碑拓展荒芜的庄稼地
溪畔的夹竹桃绵延至空荡荡的旷野
半山的凉亭渐趋清晰的飞檐
它有一颗朝天空的进取之心
昆虫的鸣叫把我带进暗淡的灌木丛
我们短暂停驻,听它们的演奏
啊,这低处的生机,仿佛我们已变
它的飘逸的音符,这转瞬即逝的宿命与孤独
混合着痛苦与丧失的一生
我们总追随那眺望的山顶,那月光之下
翻腾的松树林,群山孕育的苍茫与寂静

鹭声

岁月不断地拆解长方形的白昼与圆形的黑夜
水杉树凝视夜空的星辰与泥泞的小径
檀树数学公式般稳重的年轮推开山道间的寂静
凛冽的光线穿过桫椤树林投在台阶上的光斑
溪流间光线失落的碎片和狭小的天空
依附在苔藓上的湿气穿过画眉与松鼠的脸
短尾翠鸟在湖边梳理树木迷宫般的枝叶
无限接近安静的水不忍心撞碎它的倒影
几只白鹭沿着山谷的缆道回旋,在光与影
激烈而狂热的变奏间,它们跟随盘旋的山道
在日益空阔的秋日里重叠、升腾……

独坐

迷失在松树丛林的灰寂中,青苔的石阶
延伸山色清晰的意义,几只萤虫
在灌木丛狭小的空间里跃动,树枝
压低夜色赋予山谷纯粹的静穆
发烫的松涛孕育沉深如墨团的风景
胸腔堆满灯台树、岩石、溪声、蛩鸣
一株株梅花向我递来未知的氤氲
孤身一人面对短暂而片面的冬色
山间青葱的月光切进桃花溪边的竹林
溪边的石头落满紫烟,栎树枝的阴影潜入
我动荡不安的内心,清风在讲述道法自然
万物都在沙沙地呈现它们细小的灵魂
深夜在无人的幽谷树林间的小径独坐
当明月孤悬在山间一隅,秋山朝我涌来
我日渐空阔的身体变成巨大的容器
静寂的白云山和不远处繁华的羊城
它们都被我藏进怀中……

榕树下

槭树有张梦幻般的脸,野性的鹰爪花
用文雅的气息修辞着夜色,广阔的榕树林
为孤寂而复杂的群山塑形,溪水冲刷
镜中的寂静跟松涛间清澈的意境、韵律
月光释放着深沉而沛然的雄心,我们被
无穷无尽的孤独与荒谬包围,人生似
松软泥土的困境,晚风固执地传送
无意义的庞然大物,那么深烈的静谧
在积聚、奔流,我感觉那虚妄的答案
恐惧于无意义的意义,譬如"爱""永恒"
我们总是无助地复制着世俗,接纳
无意识的同化,模仿无含义的疑惑
体验无结果的追寻……而"命运"的阴影笼罩
在寂无一人的山谷,我所感受的万物
在消逝,我的哀伤变得陌生,在此刻
我因明月短暂而永恒的升腾而兴奋
我因榕树上那条长长的纵裂而忧伤
而壮丽的榕树林成为我此刻的孤独

在摩星岭等待日出

在通往摩星岭的山道上,剧烈地呼吸
让我对山顶的日出有近乎完美的想象
曲折盘旋的台阶拨开路边的棘刺与栎树
从幽竹射下来的星光、露水及深远的虫鸣
两三朵细米粒的花瓣,它们凋零在这
莽莽的群山中,月光在前面,我们打开
幽径,澄明的凉气分开樟树与栎树
在榀树浓重的阴影里,万物皆寂静
只有远方的山顶日出才能安抚我的雄心
在摩星岭等待日出,我钟爱的月亮在消逝
星星迅速地凋零,我还沉浸在山顶
巨大的空旷中,在这四面敞开的山顶
我像一粒微尘融解于广阔的黎明中
像摩星岭消失于苍茫的地球上
像地球消失在宇宙的荒原里
而我的眺望与等待却是永恒的……

短暂的

时间在变短，把人生分割成一个个的
转瞬即逝，我遇见的美，短暂得令人哀伤
而我依旧活在万物因流逝带给我的陌生中
而我依旧惊讶于春日橡树林间深沉而翻腾
结缕草在无休无止地生长，释放蓬勃的灵魂
幽暗与明亮交错的山谷，汹涌的幻觉与爱
酢浆草的嫩叶在阴凉处摇晃，满怀感激
我欣喜于寂寂小径神秘而孤独的风雨兰
我震惊于榕树林投向天空的无休无止的墨绿
那些短暂的投影在我身体里的鸟鸣
那些明亮的在我的脸上晃荡的光与影
山林废弃的旧房子，阴凉处的芭蕉丛
我说出那些死寂与苦涩的界牌、乱坟
时间触须在芒果树投下欢乐而强烈的年轮
我头顶的长夜是漫长的，带着风吹过
衰老叶子的声音，暝色的叙述是伤痛的
在廊亭对面的山间，我坐在白云山中

那缓缓进行的落日在山间久久地回响
它把我的岁月分割成短暂的昼与夜

雾中梅花谷

我在晨雾中辨认那些模糊的事物
梅花谷池塘里的枯荷与红尾锦鲤
玉兰树遗落的花瓣，雀鸟叫声的斑点
行人穿过雾留下波浪状的纹理，燕子
飞过黄婆洞水库传递过来轻盈的韵律
溪水石头的波纹，夹竹桃香味的线条
我迷恋于蝴蝶羽翼的色彩，它们飞过
梅林留下幻觉的身影，柔软像谜样的
身体融进雾荒寂的内心，雾还未散尽
山谷向我缓缓推进着朦胧中的一切
晃动的花朵，飞翔的昆虫，在树林深处
聚会的鸟群与鸣虫，它们的低语
像一块块闪闪发光的水晶
桃花溪无言地拐弯，它清冽的水响
在雾中摇晃，仿佛我的爱在山道盘旋

麓湖

树林的褶皱里饱含语言的踪迹,溪边的翠鸟
朝辽阔的湖面鸣叫,它声音里有幽幽的哲学
僻静的山坡,蕨类植物展开褐色的激情
山径铺开层层叠叠的形容词,在草丛里
阳光投下密集的图案,藤蔓柔软的身体
保持均衡节奏回旋在丛林,光线克服自身的欲望
牵引着树木有节制的阴影,雀稗草尖收拢
湖畔万千事物的恬静,它剧烈地晃动
停在它躯体的蜻蜓,我通过它们的复眼
窥探双倍世界,它注视湖面的波纹
从水的褶皱间那些被液体雕琢的事物
它们混乱的秩序,那条条温驯而隐忍的鱼
游过阳光织造的寂静,从水边起飞的翠鸟
一次次飞扑,我在它们的叫声中
寻找潜伏在麓湖深处——静默的黄昏
光线朝密闭的大地倾斜……

孤寂之物

水菖蒲用柔软的身体抚慰荒寂的涧流
群山潜伏的沙沙声,乌桕枝晃动的轮廓线
山顶明月它润亮而坚韧的面孔,白玉兰与
胡椒木在山中彻夜交谈,仙人掌简拙的身形
傍晚朝山岭倾倒行人的喧哗、溪流的呜咽
蟋蟀与青蛙的预言,落日朝我推来
数千吨孤独的涛声与光影,我知道群山深处
那不为人知的力量为命运安排无数意外
山间的楸树林,一只只蜘蛛张开寂静的网
红色的刺桐花凝滞黄昏的图案,麦冬草尖
易逝的悲伤,在风中晃动啊,夕光嵌入
灵魂,啊,这闪亮的孤寂之物……

群山记

我的身体里重叠无数座青山——它们
用心保持山的样子,嘉陵江边的蜀山
东江边的罗浮山,城中的白云山……
山中的道观、寺庙、书院……清澈而
古典的树木、幽径、流泉、乱石
我的山中有猛虎般的色泽与雄浑,
众星在头顶流转,春雨倾向于身体的
空寂与虚无,蕨类植物为狭窄而静谧的
山路塑形,鸟鸣、藤蔓在细微处留下
外在的秩序,草叶上的光移动理想的
刻度,在栎树林与壮阔的大海之间
这悬浮的萤火,万籁俱寂的结晶
我从灯台树芯取下一颗碧绿的胆
它的苦像我面对尘世的棋局
隐居的寺庙也不能拯救我身体叠加的
肉体与精神的双重困境,光与影、道与儒
清风与明月安抚我此刻的内心
我知道孤独是我身体里的艺术

松鼠

在阳光与树木寂静的裂缝间,两只松鼠
轻轻挪动,穿过废房子破败的屋顶
善良的眼睛凝固胆怯与无辜,它们朝
某种未知的探究,暮色顺松枝滴下来
(沙沙的夕光流动),我迟疑不定地
穿过荒林间的旧屋舍,寻找秘密之美
破屋前的果树林,两三畦野生的菜地
某种久远的衰败的美,人类留下腐烂的
痕迹,自然将人类留下的浑浊慢慢澄清
昔日堂皇而野蛮的垦地……墙上的苔藓和
藤蔓不断地叙述着荒弃的消逝之美
两只偶遇的松鼠让万物领悟迥然相异的命运
我绕道而走,生怕打扰它们,而暴力曾像铁具
敲打这片土地,它们野蛮地驱策山中万物
我知道我们的精神之地被山外的城市锻造
我们羞辱地生活,我们像两只胆怯的松鼠
从城市的空白处探出头,望着一切
我的灵魂告诉我要坚守松鼠眼神里的善良

夜读《空山》

我试图与周围的植物交流,瘦金体的月亮
爬上木棉树的上空,它虚无的重量挤压
细长的枝条,落英纷纷像雨敲着我的头顶
幽幽红花恍若古典的诗句,它们细弱而危险
布满山道,它们将我领入群山精确而浩荡的
恬静,在山谷的巉岩上,紫露草和香茅草的
气味和高处的紫荆树,或者更低处的麦冬草
它们在这里聚集山谷浓烈的潮湿与静谧
我身边的山石随着细而脆的桃花溪在夜晚
闪耀,青涩的峡谷沿灌木丛伸长
它雅致的远景(那株株高大的栎树与樱花树)
凉夜的气流迅速地滑出久远的轨迹
我在手机中阅读王维的《空山》时
月光正穿过群林,照在溪流的石头
它还是那轮唐代的月亮,而我却想
成为另一个我想成为的人……

山谷四月

四月的草木传递群山叠褶的韵律
天空、迷雾和寂静,以及桉树林间
众鸟欢畅的鸣声,几只白鹇列队
在山谷慢慢地移动,草丛里沙沙声
黝亮的眼睛与春日刺桐花融为一体
桐花清亮的嗓音与淡白的花瓣
在四月的山道间摇曳
它们古老而纯朴的语言,让我相信
我错过的唐代之美又回到群山间
林荫道的黄鹂清亮的富有磁性的声音
完整地叙述出春山详尽的绘本
溪间的乱石之上几株晚开的樱花
它的欢愉压碎溪中游鱼的阴影
顺山道行走,那些明亮的、固执的
落花传来低低的声响,游鱼飞快地
跃出水面,它的唇碰了碰落花

啄木鸟

远处的啄木鸟在树枝孤独地表达
叮咚（像饥渴的榔头敲在石头上，石匠们
隔着寂静的纹理与松树林的波涛）长喙
敲击空山中午的边界，几只画眉的鸣叫
在山下竹林深处，雀鸟们的声音是喧哗的
挖土机切断山脚的荔枝林。它不停叩击
群山内部确定的树木或者不确定的深渊
从木头中挖出枯寂的巢穴，像我在水泥钢筋中
安放好自己的躯体，我不停用头敲击
它的声音将我从迷途的人生唤醒
我不再顺从生活本身，要让生活服从于我们
像在夏日中午山间，惟有啄木鸟的叩击
才能匹配这座完整的群山，我想到它日夜
在树枝上敲出的树洞，而山下的城市中
流行树洞般的美学，我们从洞穴间探头
遇见了无人应和的荒凉……

在蒲涧

用手机从桉树林取出一小块瑰丽的丰盈
镜头框住它修辞的语调，相片中的喜鹊
正向我张望，几颗石头散落在溪流间
水声、鸟鸣、清风静止在9点11分52秒
一束光切过石阶上苔藓的纵深，蜷曲的花瓣
压着繁复的花香，层次分明的群山显露出
山与水、树与树之间精致的轨道和刻度
天空中飞禽白色的羽翼融入静止的方框
如果它们眼睛在此刻同时按下快门
我前倾的身体被喜鹊固定在某个瞬间
它看见内心的条纹和灵魂的尘埃
它的叫声变成我身体的寂静与喧哗
只有在此刻，我、喜鹊、群山都静止在
宇宙的某张相片，被身边的蒲涧收藏
就像此时，涧中那些孤独的石头
看过我和苏东坡，我们在蒲涧混合成
崭新的意义，隔着时间之涧的距离

楹树林

鸟在树枝,道在涧里,秋天的楹树林
像寂静的琴弦,溪上石头的苔痕集合
群山颓废的霜迹和郑安期飞升的见证
沿着廊桥、悬石翻越单薄的溪流与峡谷
隔壁能仁寺的钟声洗净我身体里的秋天
我熟悉涧间的风物:古树、山石、繁花
和一群来不及起飞的白鹤,溪流从我的
身体流过,它散发透明而单薄的清凉
水边的植被潜伏着光阴的野性,几株野菖蒲
延伸传说的可能性,我反复倾听楹树林间
那一两声竹鸡的叫,它是涧间绵长而透亮的隐士,
它们在山谷潮湿的洞穴里,像古老的词语
探出头,浑浊的叫声在山谷里游荡

园林盆景记

园林的盆景朝着名利塑形的方向前倾
通往京城与异国的道上,琐碎的白云
隐居在山谷,它等待一次自由的升腾
松树林给夜黑色的意识,现实的发条拧紧
狭小而局促的生活,一个人在群山
像一棵移动的树,时间抬升了天空
它深渊的渴意和体验,在南方偏远的山谷
芒萁不在意俗世那张张势利的脸
它们不用契约也无所顾忌
充满怪兽的蔑视与野性,荒凉的山岗
有猛虎般的色泽与雄浑,万物在山中流传
我在棘刺丛寻找一些失踪的沟壑
它带给我对世事人心的干净和澄澈

秋山独行

我把自己封闭成一座空寂的秋山
身体叠加秋天与世事无解的残局
霜色中飘零的落叶与典籍记录的寺庙
荒凉延伸了树木的慈悲与石头的凶猛
晴朗的暮色钻进湖中的暮砧,游船拐过
樟树在水里的倒影,我的身体遇见
秋日的栎树林间凋零的声音,一棵树
压低嗓音,它们消瘦而宁静
山中桂花正开,它把来不及绽放的美
洒满十月的天空,林间的鸟飞过荒芜的镜面
孤独,溪流蔓延到我的灵魂,波浪推动
弯月样宁静,时间之轮固守着自己的节奏
枯枝与萧瑟融合为一,我猜测凋零的树
还有一些爱像乌毛蕨样布满幽静的谷地
在褪色的秋天,我总忍不住内心的飘零感
那么多热爱的树木落叶,流水变瘦
陪伴整个夏季的飞鸟消失得无影无踪

冬夜山中

山道寂静的树木、星辰，明月在叶片
沙沙流逝，隐逸的竹林与岁月对抗的
禅意与孤独，一块斜插入天空的石头
灰色的鸟在透明的空气洗净它的叫声
碎裂而凋零的美学，来不及绽放的光
那颗颗悬浮的星星拉近旷野与我的焦距
溪水推开山间寂寥的寺声，斜逸的松针
缝补从黑暗中渗漏出的光束，我思索
浑浊淤泥中的树木清澈与晦涩的含义
光与尘、山与水之间，我在黑暗的山中
凝视自己，当我转身，看见枝头的月亮
它仿佛带着山间寂静而空旷的秘密
站在高处，时间对于我们自身来说
总会存在一段伟大的误读，我用一些
细碎的词来描述南方的冬夜凛冽的冷清
或者山间将要消逝的月亮，我忍不住张望
那些我曾经深爱的事物总在流逝
它们随意地走远，步入看不见的光影

春夜听树

落日在山间研磨春色,栎树沿仄道潜行
群雉隐入寺院后山的夹竹桃林
山谷伸出松木间淡青色的暮晚
孤绝的月亮在青花的山涧回荡
山径落花凋零的声响,薄片样的暝色
在春溪间合成为白石头的泊痕与苔衣
树木葱茏的峰峦,池塘间的群星
我经过半山亭子,开阔的黑暗与孤独
从栎树林的背后升起,我试图抱住
群山周而复始的宁静,乱石与荒草的虫鸣
我走到其中的一棵栎树面前,春夜的月光
在它的树冠积聚,我停下来凝神聆听
一种难以抑制的幸福从它的躯体里溢出

星空翻腾

夜晚运来北方的天空、积雪和白桦林
我从莽莽的群林找回前世
醉酒的栎树林,站在寂静的月光里
寄生幻想的狮子与老虎
斑斓的山水抖动星空般的寂静
它的声响超越鸣涧的形状
孕育出宏阔、精密、绚丽的繁星
蛮荒的云团打开黑暗的引擎
山道凋零的花瓣,粉红淡白的音柱
点亮群山缜密的清冽,它们迅速地
绽开、滚动,你永远不孤独
金星在山头上升,它喧哗的声音
低沉而雄浑,彗星的尾巴拖过山坳
急切的风拨动着山坡上松涛
或是那溪流上的石头,栎树林间的月牙
它开口说出山中一夜,以及深冬的气味
凉爽,斑驳的光线……我站在树后

月光注满整个山涧，溪中的石头
一条光的长廊——那我从未听过的
落花，如此深沉的声音，落在青苔的花瓣
以及深夜溪水寂静的颜色
云朵正在夜空沸腾……

雪意

枯枝上方的冷月成为山谷深冬的雪意
寒澈而古朴,从淡青色的间隙渗透满
仄径与斜石,星宿在栎树的上方奔腾
一片树叶用凝视修复另一片树叶背后的暗影
野鸟用虚空的翅膀带来短暂的局促与不安
冷月顺着寂静滴落在枯树枝
有时它带来滴露般的回响
清澈的溪水经过石头上的苔痕
星空跃入幽暗而简单的水面
我有时会爱上一些虚无的事物
比如林间的风,流水的音律……把它们变成
我自己的一部分,比如在白云山中
我爱上并不存在的雪意
它沿寂静的桃花溪降临
我用想象打开屋景中的雪意,它冷漠的光
与我保持一种美与痛楚的距离
我常常想,在白云山的冬日

雪意是如何从高处缓缓倾泻下来
枯枝上的冷月有一种寂静而高冷的力量

皱褶

溪边的石头蓄满溪流的声响（青褐色的
苔藓遍布波浪的纹理与气味）
在凹陷的山谷，我感受宇宙递来
满山谷的繁星，这伟大的闪耀之物
夜幕低垂，落单的鸟只飞过
巨大的空旷落在游荡的行人身上
一群飞蛾沿着路灯柱起伏歇息
那些孤立无援的藤蔓沿着崖石摸索
蕨类正用缓慢度量傍晚的光线
在岩石的缝隙，溪水腾身扑向远方
天旷树低，而树林在山谷沉默
白昼消隐于山林的皱褶中
夜晚从溪水间优美地上升，平静的山谷
给我幽暗的藏身之地，我心中的光亮
……这山间夜的意志，成熟而沉重
多少年，在黑夜的光线里通行
道路是那样地漫长，我深爱艰难的棘刺

路边从来没有繁茂的杂树与野花
远方,传来溪水的声音
它和那些微不足道的事物
在黑暗中沉吟,或者像一束光
抽打着自身,我发现此时的我
竟如此地酷爱山谷里偏执的热忱

林间小径

当我起身,沿着年幼的树与石头小径漫步
白鹭从池塘起飞,头顶缆车传来尖叫
两三只黑蝶在一棵静止的树中拍打翅膀
它们的身影凝固群山间沉默的枯枝
青色的天空送来涌动的群峰与山涧的乱石
我彻夜怀想那夜露打湿的事物,一只幼鸟
几朵浮云,寂静的凤凰木飘下细碎的秘密
在苦难中拐弯的溪流,晃动面孔的小野花
在日渐空旷的秋天,数只蜻蜓穿过
落日的阴影,松树林间那些哀伤的灵魂
越过树枝的星光,它们触碰夜的棱角
在光线驳杂的灌木林间,星光与寂静
皆是树上长出的花蕾,它们在暮色中
探头,被群山反复地折叠、移动
而那条通往未知的林间小径
将那么多我无法确定的风景推送过来

三种事物

山中的雾气收藏漫长一生的迷路与悲伤
清朗的树木露出不寻常的美好部分
不远处的阳光摩挲鸟鸣、塘中的树影
谦卑的水杉在晨光里怀抱宁静之美
布谷鸟庄严而清脆宣布白云山的中心
寺后那棵布道的榕树挂满祈福的心愿
整个春天,我在关注山中的三件事物
雨后的云雾、弯曲的树影、凝固的鸟鸣
我看见三种事物在风中摆动的力量与曲线
它们似波浪下的水珠,松涛处细微的绿意
它们像我横卧在山间巨石,倾听有或者无
生命在虚无的茧间起伏,在"无物"的自我
看风如何掀开山谷成形的"有"在我身体里
摇摇晃晃地诞生,万物本身的空无
像树影在云雾,鸟鸣在留下清凉的
爱与死亡,云雾用细密充盈的身体
布满山谷,黏稠的月光在寂静吐出有重量的光冥冥中总有鸟鸣在雾中喟叹更浓密的"无"
它的影子投在我心间——另一种"有"弥漫

鸣春谷

我思忖群山寂静的声音,山谷的青烟
摇晃的月色,舒展的水仙……它充盈的鸣叫
水用波浪擦拭着灰尘、流云,我胸腔积满
难以成长的声音,寺院的钟声,石缝间的草木
蝉的薄翼,流水深处老朽而陈腐的群星
我试图理解山谷湿润天空里的灵魂
凤凰木长豆荚里的语言,植物们变迁时
倾斜、变形的倒影,动物们沉寂的肉体
在荒蛮的空寂虚荡后浑浊的欲望
它火焰中的瞳仁闪烁一种新的听觉
那些克制的光与影,在断枝与灵魂传递
它们的声音,阴郁而沉闷
紫荆豆荚里的空旷炸裂,那危险的长叹
穿过树影悄然投在溪间的石头
月光敲击水波与石头颗粒,嫩黄色的
声音被落花传递到很远
我坐在溪边倾听寂静恢复它本身的模样

滴水岩

潜伏在鹭羽的光线散发出风鸣的气息
两座遥对青山举起树林与藤蔓的花纹
明月眩晕于古道微弱的松涛,眺望的星辰
如此生疏而遥远,湿润的岩石才懂得
夜与昼之间灰白的力量,从大地深处
慢慢地孵出来的声响,棕榈树的萼片
传来空茫的滴水声,它们结晶成为山间
簌簌的低吟与浅唱,暗绿色的虫鸣收缩
山间秋日的虚无与黝黑的碎裂声
当空寂沿着滴水折断,那些水滴迷失
在寂静的内部,胸腔里那只鹭鸟穿过
山间的长廊,栎树把树影浸入那寂然的
流水,那绵长而甜美的滴水在石头上荡漾
我惊讶于滴水的触须像曙光一样生长
惟有一座空山才足以表达它近乎纯粹的滴落
在枝枝繁茂的岩石,那空寂被滴水瓦解
而它野心勃勃的心朝清亮的群山倾倒

山中读诗

有时,我在山谷间读一段古老的诗句
光线从古人的长袍走来,它曲折的腔调
像树木站满山坡,诗中的青鸟朝旷野致敬
它扇动翅膀,柔和的眼神像下过一场细雨
它向我描述我从没有见过的古代的星空
在一堆词语中寻觅这座山在古代的样子
旧的寺庙、道院,改道的溪水与涧谷
几株穿越时间的古榕树和寂寂的暮春
白鹭在水面像一朵跳跃的白云
疏朗的群山保持着一种古老的静穆
幽径与杉树的色泽感知古代的冷与寂
落叶乔木它们温驯而丰盈的欢乐
那些渺小的草木分泌出紧缩的诗意
夜色依旧忠于往昔的意象与典故
在半腰,一位宋代的诗人留下幽深的篇章
它让我对面前的古树肃然起敬
我在山中读着群山咚咚的心跳

那根无名的树枝举手致意，依然是熟悉的夜色
我记得，那棵给我慰藉的树木神色庄严注视我

孤独

在山顶，我跟低矮的野草共享夏日薄暮
槭树挥动手臂为苍穹的流星驱逐孤独
荔树林间成群的飞鸟加深山谷的深度
荒野孤亭交出曾经的喧哗与多余的沉默
微风反复拍打那孤月诞生前的山谷
群树在风中孤独地恸哭的声音
奔向未知处的时间，寺庙冷清的钟声
进入灌木林的溪流，我，在此处歌
我，在此处哭，群峰带着我的悲伤
独自疾行在空旷的尘世，繁茂的夏日
如此地孤单，那山谷藤萝低沉的声音
汁液流尽的溪涧徒然弹奏
孤月拖着群山奔波在寂静的天空
我在荒凉的山顶寻找栎树林的低诉
我知道，在此时，我所有的孤独
不是一个人站在山顶孤亭的孤独
而是整个苍穹为我倾泻下整个宇宙的光芒
它们却无所依靠地洒满我的周身

在墓地

一种古老的力量牵引我在山中
寻找一座古老的墓地
历史的尖嘴撬开记忆的波涛
将我引向变暗的往昔
松树与柏树墓地塑造出古朴的宁静
我被它的简陋吸引——在这里
停留着一个反抗者的灵魂
粗粝的石碑依稀可辨的字体
当我怀着清亮的念头朗诵他的陈迹
在此刻，我仿佛穿过时间的隧道
与一颗孤傲的心灵相遇
我确信有种力量会穿过我柔软的身体
那个伟大的灵魂已成为白云山的风景
它不会，被时间与林中的风消解
我深信有一道目光投向未知的记忆
那千秋微响自杂树林升起
听啊，那高处翻卷的明月与山涧的碎浪
那穿越过无数漆黑之夜耸起的灵魂

第二辑

庭院的鸟群

乌鸫

光线反复修改它的影子——黑暗中的杰作
黑色琴盒的音响造就一座理想之城
月光：樱桃的歌声，铺展在田野
它奇妙的语调
一只乌鸫站在榆树枝
高低错落的音符，在秋天的峡口
它们穿过光线，黑色精致的嗓音里
黄庭坚、瑶草、碧溪……它们轻盈地
穿过杉树林，在草地留下垂坠感的影子
一只乌鸫，从草上走过，将我孤零零地
留在河边，没有词语描述它声音里的光
（变化的音量，我不知道那里饱含
生命的死亡，它的声音漫游在我童年的榆树
——那本我遗忘的《黄庭坚集》
乌鸫的鸣叫在无边际的田野与房子间）
我伸手掏出它曾经的声音——那束光
从我的耳朵穿过虚度的时光，与它的影子

重叠,像一道精美的算术题
我计算其中美妙之处——荨麻的下午
槐花的午后和母亲在黄昏时倾身投下的阴影
时光在反复地修改乌鸦的影子
我倾听它从记忆的门缝里塞进来的声音

鸥鸟

鸥鸟在水面变换位置,长方形的天空
漂亮图案的云被我剪成细长的条状
像单数或复数遗失在课本
整个假期,我在树林间寻找大海
鸥鸟把它清澈的叫声留给廉价的暮色
那只孤独的鸟用喙啄开旧日的生活
我们隔着树枝、满天星和纸鹤
石桥在远处连接起传说
碎石路铺向杂树丛的书院
落花砌满台阶,寂静被群山磨损
又无限地延伸,素朴之心的暮色
滑落,朝后山的方向
在暮色遇见陌生的场景,它的尖叫
掀开密林,夜晚丈量大海的深度
万物在转化间达到微妙的平衡
生与死、果与花……衰与荣
在缓慢移动……

隐匿在树林间古老种类的云朵，我听到
它们不安的声音，把时间分割：昼与夜
把日子虚构成永恒，它们混乱的嗓音
对万物有了清晰的表达

杜鹃

那枚生涩的青果隐藏无法定义的秘密
在河滩或者山林间,我从识字图片中
为所有的它命名:郁金香、紫鸢、木槿
山坡上我熟悉的杜鹃,它们是一只鸟滚烫在
我的掌心、喉间——声音中的刺猬经过春夜
我就守着天真而莽撞的杜鹃
在祖父古老的典籍——那未知领域带来的幻象
似乎是许多年之后,我读到它们在唐诗宋词的
名字,来自我童年秘密的生活
这些散布在乡间的植物,它们身体与心脏
带着中药的五味——辛、甘、酸、苦、咸
我爱我们在陶罐般的月亮下
近乎炼金术、航海术熬制无数个苦甜的夜晚
开在沟渠屋后的桐花,它们淡白、微苦
祖父用难以辨认的繁体斜斜写下一行燕子羽翼
在隐秘的线装本间
定义着祖父无法说清楚的隐痛与秘密

从那时起，我穿过粉的、红的、淡蓝的寂静
追随着祖父的植物

喜鹊

一棵苦楝树在等待一个木匠
水井摇晃着环绕院子的月光
葡萄架下的溪流,风吹过辘轳
那难以忘却的最古老的声音
穿行而过的喜鹊洒下一串串苦楝花般
洁白的寂静,嘉陵江上的雾涌动
一千种希望,我守在檐下的光柱
它们移动,在通往我的白日梦的尽头
而依旧是苦楝花依依落在暮春的门槛
落在世界的尽头,在一个木匠光滑的
刨花间,我终于读懂枝节间的辛酸
木匠割断苦楝树的虬枝,酸涩的果实
祖母生命的符号,木匠用古老的技艺
认定人生的榫与卯,在无尽的旷野
寻找世界每一棵苦楝树的意义
它酸涩的果以及粗糙的虬枝,一只喜鹊
把巢搭在两根树枝间,于是,便有了
回忆的重量

画眉

树叶寻找大海,风吹过它的锯齿
时间的光柱剖出绿色的汁液
她取出金属的碎片和丰腴的秋天
柄部镜映干渴的宿命,纵横交错的叶脉
窥探生与死、枯与荣的轮回,光与影
投在她的内心,时间的域地
一只画眉,它声音的光斑
它们在空旷中与树枝交换位置
松枝在窗外摇晃,数只画眉在徘徊
它们翻飞于光与影间,秋天从树尖
降落,鸟的叫声冲刷风中的孤独
它们尖锐的声音拓开空气中虚无的域地
画眉们在枝上移动,舌头:明亮的树叶
尖叫的星星,农妇们的鹤嘴锄啄击
泥土的门,它们的歌声在漫长的瞬间
延伸光的色彩和童年的记忆
它们跟风交换味道,声音在叶片停伫

虚无分割我与画眉的名字
我们相互望了一眼,朝同一方向起飞
像一团团墨汁染透了整个天空

云雀

从梦中脱落:闪耀的旷野
一只云雀经过,带着梦的倦容
此刻夜晚沿陡峭的黄昏上升
我的手触及黑暗发亮的事物:寒冷的星
稻田里缓慢上升的秋月
云层与燕子迅猛地生长
穿过透明的花楸树,土地湿润
云雀——佝偻的树根从奄奄一息的泥土中
醒了过来,记忆折叠岁月的褶边
贫瘠山梁修饰野兽般的身体
霜:松开沦陷的铁链,一条河流
在我们的血管里疼痛,万物涌现
我把目光伸向渺远的天空,纯净的蓝
有种近乎虚无的意义,它们的清澈、简洁
构成我眺望时的喜悦

麻雀

一棵灰色的树彻夜从天空滑落
从梦中醒来的麻雀,关于水的记忆
树林的背鳍:乡愁的天线
五月从深海里探出头颅,窗外的雌雀
用尖叫剥开光线里的猫眼草
五瓣叶片展开,像古老的词
在祖父的典籍中注视旷野里雪的踪迹
在中药里复原一株草的意义
它以药的方式舒缓身体里的疼痛
我凝视你眼睛里荒凉的阴翳
困在树枝间的雀鸟,它所爱的
绝望、火、太阳以及鹅卵石的记忆
灌木丛的雄雀讲述南方湿漉漉的风景
它们嘶哑的嗓音穿过五月幽深的树林
山的褶边以及树的皱痕,一列远行的车厢
重现祖父卷边的故事间荒凉的景象
直到风为它带来孤独的供词

她才知道那明亮而消瘦的天空中
不完美的云、记忆、树、风组成的梦
直到那只童年的雀鸟
反复歌唱
在它叫声的领域里，往昔像白描一样
成为我想象的具体情节，而那只麻雀
它黑色的头颅在我的体内张望

鹃鸟

鹃鸟在乌桕枝闪耀

它明亮的羽翼投影在溪水

飘扬于万物之上的云彩与鸣叫

冰冷之夜弯曲下来

瀑布般的黑暗,幽蓝的灯下

我所诵读的伟大功课,它起飞

又在院中聚拢,但我说:鹃鸟高飞

那声音带给我的欢乐

祖父的身影,投在我的窗下

经过在我心间的《增广贤文》

当它们恰如其分穿梭在我现实的生活

鹃鸟,一种清晰的救赎

它近乎神圣的身影,它转身

无数啼鸣在我的记忆里

复杂而和谐,尘世欢乐的光与影

孤独无依的乌桕树,它俯冲下来

穿过青郁的田野,那柔软而明亮的叫声

一次次转向幽蓝的天空

暮晚的庭院，橙色的黎明

鹃鸟在乌桕枝上踱步，光线停顿

它透明的羽翼，我坐在门槛观察

它们如何一点一点地

点亮整个世界

鹀鸟

它充满野性的一跃,声音的斑纹
在寂静的稻田深处,唤醒夏日全部的颜色
色彩斑斓的群山放大我心灵的幻觉
多么富有魔力的叫声,一道自我怀疑的
光,瞬间打开祖母的那首童谣
鹀鸟在谷粒外完美的叫声
它伸着彩色的脖子,张开的喙击打水田
天空遍布它们残余的痕迹——它们掠过
降临,祖母蓝布衫温和的光
凝聚在它的翅尖,它俗套的名字
在我的记忆间留下一片空茫
它们在夏日河边的沼泽地潜伏
幽蓝的阴影梳理向晚的黄昏
当我向她问起:一只鹀鸟如何栖息
家带给的欢乐——我曾深爱的稻田里
总有一个人在那里望着我,爱着我
从学校回家的途中,鹀鸟在茂密的水草间

祖母在前方讲说，它的声音像寂静的童年
一束光或者鹩鸟的声音，在我的心里安居
在无数个孤独的、失落的黄昏
那残存在鹩鸟叫声中的乡愁
救赎了我分崩离析的内心

鹤

万物不过须臾,我们此处相遇
时间化为我们身体的一部分
我伏在草丛里眺望它白色的身影
踩在泥沼里的长脚杆,细长的脖子
仰天长鸣,巨大翅膀留在大地的阴影
那么悲伤的风景压在它的躯体
以及绝望,使它承受太多救赎的传说
也许在一场童话的冬夜,祖父、仙人
以及总保持一张神秘面孔的鹤
夜晚沿它温柔的身体降临
以及云彩、荒凉的死亡,它受难的身躯
收留它自身的逝去、苇丛的冷雨
在通往城市的道路我摸索自己的懦弱
弯曲成球体状的鸣叫
像深夜闪亮的星子朝万物散出犹豫的光芒
季节为充盈而下降,又缓慢倾斜
正如在尘世中的我们,时间抚慰逝去的
用温暖的光拥抱那柔软渐渐消融的自身

燕子

在寂静的飞翔中感知虚无。空,可以
触摸的词,燕子们的叫声朝槐树林敞开
仿佛某种新事物为你命名,古老的词
点亮山坡的黑暗以及行旅者的耐心处
它们的嗓音清晰地回答生命的光泽
撞破禁锢的夜与雾——恰如其分地
宣告什么,在翅翼振飞的阴影里
我哼唱祖母传授的歌谣,呢喃中
浮出苦涩的善良与美,它们凝结成
我观察世界最初的悲悯,它们上下翻飞
我重新回到它们的叫声中,时间已陈旧
记忆的山丘像祖母样转身离去
惟余窗棂下的苦枣树的叶子
依旧枯荣轮回阅读桑沧世事
在我的生命中涌出它们
黝黑而轻盈的身影
它的声音逐渐细如炊烟

融化于天空的蔚蓝间

如今，我寻找它们年幼时的叫声

那自由与善良留在我心间的标记

雉鸟

一只雉鸟在密林丛带给我的愉悦
寂静的边缘，它的气息拂过
长长的影子投在酢浆草
一些事物，蕨类、蒿草、芦苇
站在雉鸟的身边，另外一些事物
像雨在落下，时光在飞逝
花楸树在野外的山岗，星辰转身
大地张开温柔的翅膀将它们接纳
沸腾的命运在自熄灭中——
它讲述那令生命颤抖的时间褶皱
饱含宇宙温暖的抚慰之光
湖泊在不远方持续地变蓝
我确信万物的存在
都是上苍赋予的奇迹

晨鸟

在晨鸟寂静的叫声中,纺锤形的黎明
用光线织出我的行踪
坠落的鹰闪亮的弧线
遗弃在月光里的翅膀
我身体里的日光化为黑暗中的花瓣
绽开,带着一点奇异的声音
白昼占据童年时最为明亮的房间
薄雾中的鸟鸣,我在窗口眺望
我在等待那一闪而逝的往昔
那在光线里站立的一棵我不曾忘记的树
在它绿色的枝条下,熟悉又陌生的面孔
涌现,一些名字从琥珀般的记忆间
跃出,我还站在寂静的鸟声里
眺望灯光辉煌的城市上空
群星拥挤时带来无尽的惆怅

十月之夜

在铁轨的连接处,灯缝补受伤的黑夜
我坐在对面,萤火虫飞过河边的草丛
星辰在天空中吐纳古老的智慧
野茱萸在九月的阴影下闪烁隐疾的根
多舌的雀鸟在纸上投下两道橙色的夜
月光里的龙舌兰来不及消化溃烂的新闻
绿芭蕉加深时间的领域,黑夜中穿过
玻璃窗下的苹果树和远方的战争
车厢里睡眠的孩童梦见非洲草原的狮子
跳动的旷野迎向我:雨像落叶缤纷
我正在阅读中东的新闻,战争或石油
一首向后退去的诗写下北方的丰盈
成熟的玉米地,一些金黄谷粒般的词语
在纸的背面你无法辨认它抒情的嗓音
它低声说,辽阔的平原隐藏在它的褶皱间
她在读:身体的光会照亮雨夜的桑树林

给表兄

跟一辆空荡荡的车厢挺进黑夜
我们像尖刀,剖开它柔软的身体
它像波浪覆盖我们,死亡是另一张面孔
压着表兄肥硕的身体,等待复苏的心脏
带他朝天空飞翔,火车穿过南方的身体
我们还在童年的河流,戏水嬉闹
有时他向我倾诉野芹菜般的下午
甜糯的夜晚里桦树林中的河流
月亮穿行每一条河,在山岗那边
枕木在夜晚静静倾听回忆的旅程
镜中花树,远方是一个女人的宇宙
我倾听火车辗过铁轨时的沉闷
仿佛宿命在我们身体经过
我在黑暗的车厢里寻找晦暗之夜的黎明
列车将我带入一片时间茂密的丛林
列车员坚硬的时钟扭动着晚点的行程
我用列车穿过溺水般的时空
像童年的我们,用身体划开淹没我们的波浪

球鳞状的孤独

夜晚拍打球鳞类茎般的孤独
月光涌进芭蕉丛，覆盖童年的嘉陵江
黑暗中的声音，春天披上风的形状
我的身体孵化出井水中鸟鸣和云彩
它们沿漆黑潮湿的井壁攀援
槐花蓝的午夜，有人在井中喊我的乳名
仿佛早逝的表舅，他的鸭群在雨中的稻田
他的声音去了另一个国度，我的童年
在他平和的声音里沐浴，月亮悬挂于
埋葬他的桦树林，风从枝叶的光线和
淹没膝盖的青草尖吹过，那些死者的灵魂
像焰火在夏夜的树林燃烧，紫芸藤延伸
告别的形状，它的气味像无形的烟雾
杉树穿越它的芳香，它的声音
在井之深处响起，那些预言的柚树
沉思的苦楝树，缝入江边泥沙的愿望
囚禁在彩色卵石的波浪，我从它的声音

触摸到它的身体,然而,在它的寂静里
夜晚正如球鳞状的洋葱,一瓣一瓣地剥开
眼泪,一滴一滴,一些记忆,一些孤独
从隐秘的地方,升起……

喘息的命运

从波浪的撞击间获取卵石内部的涛声
它断翅的身影蕴含新的意义,当我贴近
它振翅的背影,大地紧贴水面
循着浪尖的陡峭路径:白昼
垂落在沙地的踪迹……
长脖子的灰鹭鸟俯身青草丛
它展开的羽翼,光芒闪烁的轻盈
朝向万物打开银子样的叫,光穿过水面
投在河流的阴影,融入永恒的波浪
正如水掠过水的躯体,在我身体里跳动
困在琥珀里的肉身,青色的记忆
上升,预言的九重葛,断翅的蜻蜓
将透明的白色羽翅托付给暮色的光线
突兀的眼珠藏匿清澈的秋天,光摸索着
鸟鸣,一根透明的绳索,葡萄的根系
伸向夜晚及山岗的月色,正如水倾倒出
河流的形状。鸟鸣:光线中的树叶

倾倒着夕光的沙粒，树肩上的沙滩
一双停在波浪中的手，一双穿过镜子的手
一双越过长廊的手……它移动
缓慢地，伸出波浪般的脉搏……我在涛声间
找到归宿，那如同波浪喘息的命运……

仿佛什么都没有发生

山茶花在阳台开放，鱼在罗盘
死去，风穿过远方的榕树林
月亮，一直在我的窗外哀鸣
火焰俘虏飞蛾的翅膀，在一页
折叠的纸张，影子从墨水的身体
分离，叶子像雨水一样撒满大海
那么多闪光的伤痕在天空的阴影里
看不见的修葺果园的记忆，在白昼
摇晃的海洋、船帆，海鸥热烈而战栗的
阴影，马匹、火车、三角帆……
悄然而至的陌生车站和黝黑的波浪
随潮水远去的名字，停顿在风间
一册波浪的典籍，风声与水光
阅读色彩的旋律与阴影，岁月残留
肉体的树，我转身，看见枝头的光芒
一只云雀倏然飞过，泪水溢出眼眶
我和祖母走过村外柚树林，我们的沉默

像湿润的雾——如今,她变成雾的一部分
而我像一枚柚子,被时间剥开
露出空荡荡的灵魂与肉体

江畔

我们经过江畔的柳树林,午夜的风
吹动水面上的月光,寺庙额上的月光
清澈的夜晚从不远外的楸树林中醒来
夜鸟的梦中溢出的惊叫
拂过山谷榉树林的寂静
没有躯体的风撞击远方年轻的栎树
一把平衡的乐器奏出沉默的音符
一些人,一些事消逝
一些阴影,一些记忆覆盖村外的桑树林
一些无形的风送来寺庙的经声
柳树、我、旧光阴的故人,我们在月光下
缓缓地移动,江水流了过去
时间,仿佛已经过去了很久,在江畔
一轮孤独的月亮,从天空垂下一片银辉
在季节轮换的山岗,在旧日故人的墓前
江水还在流,那么多相似的场景已消逝
此刻,我们谈论的江河,多么渺小

此刻，我们眺望的人生，多么短暂

惟有寺庙的经声与木鱼声，很远，很远……

雨中乐器

雨在下：一把古老的乐器低语
棕色马走过，一道光线沿青瓦铺展
雨。冷漠的面孔固执地落在寂静中
淡淡的风暴在杉树林间游荡
雨覆盖住葡萄的触须与弯曲的叶瓣
皱巴巴的云与长相模糊的男人
他拿着一把二胡，站在黄昏的槐树下
他的侧影像桥，榆树花一串串落在
他的脸上，这是春天，一只发春的猫
雨伤感地下着，一道光线照在他的眼睑
像一个怦然心动的音符，在演奏
我在窗口，一匹马正从我的窗下走过
它红色的鬃毛消失在空寂的雨间
黑暗中，它的嗓音像一束光线在闪动
一个男人走进雨的深处
他的背影让我有了孤身的迷乱
在蓝色的雨中，我一次次从喉间

抠出冒险、恋爱和迷乱……
雨在下着,不去想它伤感的形状与声音
它雄性的气息,顺着光线款款降临

夹竹桃

寂静剥开夜晚的皮肤
夹竹桃的馥郁越来越清晰
浓郁、酽烈有如满月洒满庭院
祖母提桶经过凉水井边
月光微凉的渍迹沁满锌皮桶
她哼着一首我不知道的歌谣
忧伤、高远
她闪闪发光的歌喉
从夹竹桃林间上升
那首祖母般衰老的歌在嘉陵江畔
流传了几千年,拖着上游的问候
我记得祖母桶中月光的轻盈
它们溢满,在水里铺下的釉彩
那锌皮桶碰撞着井壁的声音
那井中扩散的波纹,古老触觉的月光
它们碰撞夹竹桃,浩渺而神秘
如今我站在庭院中荒凉的井边

寂静将我的身体淹没，祖母的歌谣
像一块浮冰，一种波浪
一种被时光分解的颤动
我再无法感觉那歌谣间的温度
只有夹竹桃在寂静中兀自开放
月光从云层里投下岁月清晰的律动

菜园记

月光打开菜园里的栅栏,那温驯的
可怜的、动情的芹菜投下两道影子
芫荽的翠微、茄子的紫陌……那些
顺从古典的祖父在桌前用墨汁写下
北林朝日或高台悲风,月光从身体的
关节处注入体内,让他难以看清的幻象
那些专注在内心或者记忆中确切的事物
比如:卷耳、萱草、荇菜……难以探询的
世俗与人心,他用古老的《诗经》遮掩
寂静月光里的乡村所蕴含的秘密
菜园的韭薹拓展开时间的域地
窗外的嘉陵江空旷得无法辨认
祖父从一株莴笋间获取精神的力量
月光纠正黑夜中的苦瓜寄寓的意义
孤独的菜园接纳祖父同样的孤独
从那细小的叶片间寻找隐藏的黎明
青菜的身体里共有祖父的声音与境况

它们向现实诉说所有的秘密，他惊叹
菜园赋予乡村黑暗温驯而野蛮的宿命

后园记

灯盏在我的周身点亮纯黑的奥义

倘若万物似冬日空镜，人生花树般守候

沟渠与明月切割的黄昏，回忆免于枯萎

这无限抽象的天空（你描述未来的颜色）

群星纷纷凋零，鸟只盗走群山的翠绿

凋零的云顶，一颗素净之心探到露之清凉

灯盏浓密的阴影间，落日热烈地跃过

清涧，它背后那张穿灰衣服的脸

那张父亲的脸，斑鸠似的脸

它们用虚静推开桉树林间的足迹

很快，秋天划开斑斓的兽皮

那时，我跟风交换了位置

那时，山峰与我相对，落叶在远处

我会想起山谷的白雾像时间的忧伤

布满后园，一行雁队靠着自身的羽翼

照亮深夜寂静的天空，而我在后园

在灯下读空中无字的典籍

旷野

天空中,浆果般聚集的孤独
纷纷落下,遗弃在旷野的声音
以及篱笆边的余晖,一株凤凰树
编织秋天纯真的寓言,迁鸟高空飞过
它们回头的长鸣让我悲伤地想起
一去不复返的往昔——我知道
一些事物朝未来的阴影前行
一些凝结成过去白色的露珠
那些熟悉的事物在自我放逐中
缓慢地消逝,它们的声音
变得陌生,许多易逝的欢乐
从寂静的夜晚伸出手
当灵魂像一棵悬于夜晚的树木
在呼吸,在生长,在审视内心
在荒野它允诺过漫长的孤独
一束陌生的光在黑暗辨认我
无限的寂静朝旷野展开……

四月之雨

雨水落在发黑的轨道,远方清晰地
沿火车的轮子奔赴而来,从父亲漂泊的
旧鞋子、地图册、陌生的路途
奔向我身体里阴冷的北方
繁花盛开的黑枝条拂过阴沉的四月
绿画眉在酸味的空气中留下的痕迹
抵达异乡旅馆窗前母亲轮廓清晰的爱
踏雨而来的夜晚,我呼吸父亲的气息
在那简单的、年轻的梦或恍惚间
我们一同度过四月的病疫和雨的本身
抑或那些落在树枝样的爱
抑或在丁香迷失、哭泣、忧郁间
在清晰的雨中,在温暖的春夜
匿藏雨声的爱填充满我的房间

蜡烛

我骑着梦经过你的窗口，在那里
晨光穿过树木的浓荫。风，转身
问候安宁的时间，太阳，在左边
燃烧，月亮，铺开故事中的夜晚
旋转的光标注虚无而短暂的白昼
爱，在秉烛夜谈后，变得清晰
微妙的光落在我恋爱的灵魂上
轻盈、发颤，窗外山丘转身步入
悲伤的明月中，光在我身体里
聚集，它们清洗着我体内的孤独
梦中溢出的生命之物在门槛流淌
纵身飞翔的梦，挣脱那虚无的光
穿过白昼的两端，而那自由之躯
熄灭在你窗口燃烧尽的蜡烛上

花园记

风信子，鸢尾草，还有，在疾病里
完成伟大使命的车前草
见证家族秘密的老槐树
在晚上告别的夜来香
它们在我的身体里静静地燃烧
它们的声音，由远及近拍打
夜之黑暗，金线菊，吊兰
鳞球茎孵化出花之冠，裸露的灵魂
缝入鞘翅目的昆虫的羽翼，在夏夜
抛弃在旷野的月亮，怀抱的灯芯草
一盏清澈的油灯：它丝缕状的轮廓
绿萝垂下寂寥的黑暗，夜晚分岔出梯子
月光在铁树间涌动波澜，我们在此刻
获得一颗反抗之心，屈从于不平静的灵魂
火车顺着梦的发丝滑向市政大厦
寂静的阴影扩展，然而我说出隐秘处的
细节处，那些短暂的、耀眼的名字
它们像一株株昂首的鸡冠花等待开放

阴影部分

光的阴影部分成为我观察黑暗的窗口
水在无形中流出长江的模样
泪水中有形的痛,血液里隐匿灵魂的困境
光在冰上汇聚,四季在窗外的树枝上转动
狐狸出没在山间,混乱的四月
不会为谁停留,身边的病疫
远处的战火,春天的枕头下聆听
风雨中的树木,雨声交加闪电
它一分一秒构成夜晚或者白昼的片段
对未来充耳不闻,对过去无拘无束
沉默有冷漠的本质
悲伤是驻扎在眼睛里的薄冰
雷与火,黑与白,它们旋转、变换
万物因为孤独而怜悯

季风

季风动荡不安，遗失在波浪里的
白帆延伸河流里的声音
星星无法读懂转向的涛声
万物迅速地移动，变化——
在它纵深的尽头，夜色支配着蓝色的峡谷
一只船像泼散出来的光线
染透嘉陵江，晶莹的涛声
收敛悲伤的羽翼，在季风的声音里
朴素而古老的船歌，我出生于一个水的国度
又将消逝于另一片水域，晃动不定的
浪、人生、喧哗……它们静谧为一片
空无，像"死"必定覆盖"生"
"无"必定吞没"有"，白昼必定潜伏
黑夜，微弱的阳光在风声里摇曳
我们如此艰难穿过生命的空隙
与期待的世界相逢
属于我的河流在同一个地方经过两次

流出两张面孔

我通过记忆完成对过去的复活

如今,我将分裂:生与死,火与土

烟与尘、来与去……我把自己

一半放在鞋中,一半留在脚印

一半远行,一半停留……

蕨类

我在山谷的阴凉处观察蕨类植物
溪水的石头、两三片水中的枯叶
一段黑色的枝条垂落下的寂静——
灰鹊在树林间随心所欲地振翅、尖叫
微风吹拂着我眼前的蕨类
它细小的叶片晃动
阳光透过叶隙照亮溪水
一只鸰鸟在不远处歌唱
我更能理解阴凉处的蕨类
它们矮小而清晰的愉悦
有一段时间了，我忘记
生命的尽头还有扇称之为死亡的大门
水中蕨类的枯叶告诉我
死亡不过是一种新的开始
就像我们穿过时间的甬道
到其他的山谷看看别处的风景
用相同的方式观察阴凉处的蕨类

山中望星

群山用巨大的墨绿将我围拢在山道上
我行走在黑暗的深处,听听山间虫鸣
抬头看看星星,我看到的是它们
几十万年前的样子,而此刻,它们
已经陨落还是继续闪烁
它们看到此时的我变成曾经的我
我想象与它们相隔几十万光年的距离
此刻,我仿佛已经穿越茫茫的生死
把自己交给浩荡的宇宙,等待几十万年后
与另一颗星星的那束光相逢在尘世间

白露山行遇古树

暮光在草丛耕种我们与桉树的影子
几只小鸟在阴影踱步,它们的叫声
一朵朵盛开的雏菊,装饰寂静的山谷
晚风吹拂我和桉树林,无数的乐器
在山谷弹奏,我们穿过秋日的山谷
衰老的栎树叶在传递时间、生死以及
暮色在细微之处悲欣交集的主题
而我知悉的——桉树枝间寒凉人世
天空中瞬间消失又闪亮的星辰
从光线浮出夜鸟的叫声
我们在暮色中的山谷前行
谈论道、缓慢而艰难的人生、俄乌战争
以及鸟鸣中的佛与禅,那永无止境的诗艺
暮山分泌出一层古典的神秘
我们从桉树林间找到一条幽曲的小径
直到拐弯处——遇见那群数百年来
生生不息的红豆杉

第三辑
俗世与孤灯

窗外

秋天在树枝生长,山下的荒径、石头
溪流的轻烟,山间的清风,固体的灵魂
易碎的、柔弱的肉体和光线在聚合
一只飞蛾在焰火中写下的巨著
栎树张开翅膀,青涩的浆果
像一个词语跳跃、停顿

孩童在窗外经过,他们双眼清澈
鸟在天空死去,岁月在草木间腐烂
秋风时时吹拂,鱼从水中跃出
诸多的细节,我们一无所知
我推了推身体里疲倦的欢娱
秋天从白菊的额头经过,而我
在此处,而你,在彼处……

我们穿行的城市,黑暗攀援的黎明
迷恋天空的飞鸽,薄雾的睡眠

我们曾有过的孤独、哭泣、欢欣
如今，万物各居其所，剩下
一群星星在我们的肩头披满光线
从它里面流淌出来沉重的哀伤
此刻，秋天在窗外，闪闪发亮

秋日

时间磨损得光滑的石头、我、门把手
秋天的荨麻草,细雨塘中的残霜瘦水
红荷渐远,深泥里龟与鱼的预言
苦枣树朝着天空与家的方向走动
树叶窥探夏日傍晚的井与裂痕的云

一匹寂静的马靠近白色的泥墙
雨靠近篱笆的枝条,牵牛花举起
小小的火焰,一只无人知晓的鸟
用清脆的嗓音敲打溪水的门
它用古老的歌把我从午睡中唤醒

一阵不曾栖息的雨,我还没提及的
童年,木芙蓉样的叶片水井边的雀声
我的目光投向十月忧伤的花楸树
独自生长又兀自凋零的黄色素馨
小小的灯笼照亮磨损的风与疼痛

二月

我在黑夜拾起石头,又扔进黑暗中
像野鸽子在屋顶上咕了一声又飞走
推开二月的走廊,遇见白色的解梦花
从蜂群的气味中辨认阳光与春天
昨天剩下一小撮余烬,寂静的光与影

潺潺流水描述远方的山岗、飞鸟的翅膀
牛蒡草的小径布满雾:绸质的忧伤
黎明读寒气在玻璃窗留下的信,它张望
露水沿屋檐落下的艺术,坠入田野的星辰
榆树在院外近乎驯服的美,迷茫的木芙蓉

爬满碎石花坛,白昼在院墙变幻许多面孔
长尾莺眼瞳深处藏满色彩斑驳的酢浆草
想象一个古典主义的清晨,李白或苏轼
汉的天空布满唐的流云,初阳越过院门
沿肩胛布满全身,呵,二月,春已降临

表姐

黄昏,李子树与灰喜鹊投影在门扉
河畔的茅荑花流淌出秋天孤独的深意
令人失望的沼泽般黎明,她不曾发现
沙洲的野天鹅,它的叫声沉默而冰冷
她在窗下读着凤凰木炽热闪亮的气息

她用望远镜打开墙上的窗,苏小小般的
明月、船和棕色马,她想象红纸窗花下
像水般涟漪的细节,在树林,一群人
滑向悬铃木般的记忆,珍爱的三桅帆
水边翠鸟的绿上衣和亚麻色的秋天

从表姐深邃的眼里读着灿烂而斑斓的
远方,香蒲草般的梦幻,没有谁在意
她微笑的痛苦、哭泣和空洞,离乡的
火车和乌云,黑暗中流水的恬静,哦
我还不肯原谅客死异乡的长庚和灵魂

奇迹

在枝叶灿烂的夜晚，一颗冥想的星星
遇见白杨华而不实的思想，葡萄藤下
王维的天空青翠而温暖，远方隐忍的
群山和初秋，暮色拜访了孤独的银杏
幻象的波涛拍打岁月的岸与竹林的蝉

落叶屈就于石榴般的日子，我的郁悒
分蘖出青苔上的鸟迹与消瘦的栎树林
鹧鸪鸟在远山采下百合般潮湿的禅意
斜坡顺低垂的云雾进入庭院，它静谧
强大的生息，秋日孕育新的物类和美

噢，月亮升上后山，鲤鱼跃入大江中
院里的鸡冠花盛开，啊，奇迹正发生
鸟飞过雾，蝉在蜕壳，生命围绕我们
充盈如满月，向你倾倒我全部的身心
呵，月光落在水湾里天鹅羽翼的重量

给 L

你的白马在啃草,我的江南在消瘦
白露伸入庭院月季的梦,稻草般的
远方呕吐出你的青春和勇敢,月桂
在峡谷闪耀,它长成强有力的风景
柔弱的枝条浓烈的理想,冷冷往昔

明月躺在你的身体里,贫瘠又荒凉
啊,失眠的秋天带来枯萎的铁栏杆
去年寂寞的铁树在开花,万事琐碎
水杯取出泥泞的俗世和雷声的残迹
用猛虎斑斓而凶狠的比喻写封情书

你在狭长的街道吹笛,那边,大雾
从细雨的街道升起,打开向北的窗
圆拱形的夜晚盛满了槐蓝色的思念
鱼与鸟徒劳地撞破海平面,我守候
远方带来的花瓶安放波澜壮阔的心

秋天的修辞学

木兰花与灯笼，在纸上写暗喻的可能
敏感而多疑的秋天带来野蔷薇的象征
门外的霜迹院内的灯影，叛逆的先锋
充满年轻冲动的荷尔蒙，年老学究们
迷恋空洞呆板的意象与明明灭灭的禅

在古籍倾听雁子庸俗的韵律，他们啊
缺乏霓虹般绚烂的后现代，我习惯于
黑蜥蜴表达，鲸鱼与铁，橡树般的根
缠紧贫瘠而永恒的大地，切开后工业
遇见词语新式的航空兵，多刺的科学

带来奇异的风景，它挣破陈旧的教条
耳清目新的电子拟人术，若你还以
无知捍卫陈年遗迹，是啊，用秋天的
修辞来表达现实的感官与技术的织锦
天空：宇宙飞船对月亮无意识的解构

诗歌问题

所有灵魂都有星星安慰,看看白天
那些生动的人,暮色自他们的肩头
淹没到脚尖,长江变小,黄鹂低飞
大地荒凉得优越,书中灯蛾与战车
世界诸多命运,并非养鹤或者种梅

天空下雨也下铁,黑夜捣碎了树影
我们在说沉默的一年,或者又一年
有人如扑火的蛾,有人如戴轭的牛
我们经历应景的秋天,戴胜的舌尖
凝固着水芹样的黑夜与积雨的黎明

雷声刺伤弯曲的楼梯,陈旧的扶手
布满了去年的鱼尾纹,菊花与斜阳
虚构满月与银河,叩窗的风灌满了
谦逊的夏天,窗外,月光涌向江面
急促的枪声中,那艘舰船正在沉没

十月纪事

涓涓的流水积满秋雨的凄清和白露
白桦梳理石头样坚硬的夜晚,木兰
温柔的舌头舔十月的山丘,荒郊外
单色的白茅和燕子,灰白色的野荻
它们繁花依依,向清寂的流水驶去

无花树下站着一个比柠檬还酸的词
用悲怆的诗歌告别细麦花般的现实
细枝上的凤凰与孔雀,啊,我不再
保持沉默,那匿名的不幸,我深知
一生,难免俗世,一生,难免孤灯

赤裸的树被色彩斑驳的春天所铭记
月光饲养隔叶的黄鹂鸟,它的叫声
长出金色的荨麻草,星星敲打水井
茫然的雾占领你的花园,我爱月亮
集市的河流,它们溢满清凉的沉默

春居

黎明是一株苒苒红蕖,晴朗的日子
我在等候融化的寒冰与故友的书信
春江中的沙鸥戏弄野蒿与芦荻的叶
一树半垂的杨柳,清溪忧郁的芦苇
细雨淋湿一个人、狗、猫和洋槐花

翠筱上的马匹,在江面滑行的月亮
灯光摸索横梁的乳燕和伤口的风景
短暂的落花击碎天空中蟒蛇的身形
闪电,水母样的星云,江上的燕子
舔紫色的蓟,桐花暗香迷恋灯心草

水中寂静的鳍与天空游丝般的恒星
鱼穿过沙洲的白蘋,水晶样的食盐
桃花穿过妙手回春的枯枝,隔江的
垂柳,天空往来的雀鸟,它们落在
江面的影子,孤寂如锉刀剖开波浪

晚唐发钗

月亮,古老楼梯,递来童年的传说
它们在黑夜垂临迷乱而温暖的开阔
朝下冲来的鹰,野兔从荞麦丛露出
慌乱的眼神,夏天在锦葵花里蠕行
分叉的舌尖吐出粉色木兰与白蔷薇

我读晚唐的典籍,它们啊,让孤灯
漆满浅月的寂静,那枚晚唐的发钗
岁月留下水涸的颓废,寂寞的檐漏
人群渐从我的心离去,剩下河畔的
青草和天空的云,收藏楝花的拱桥

晴朗的燕子,飞越逆水而上的夏天
暖日晒窗下青苔般的往事与迷迭香
晚唐美好得如同家常,像鱼在水中
鸟在枝头,度过一生,繁花在枝头
船过白蘋洲,月亮从镜里递来消息

蓟的黄昏

皇后梦见鲨鱼的翅膀与飞机的鳍
落梅的六月,门外的夏天带来盐
大海、蓟的黄昏,横梁的雨淋湿
芭蕉的背影,流星揭发不回家的
浮云,露珠取出水的寂寞与凄美

明月里的工匠与商人,她在纸上
写下关于春池、海棠、梨的诗句
黎明出水的座头鲸,星座的水母
从《山海经》跑出古老的兽,它披着
满身的萤光和黄金面具,宫女们
提着宫灯涉过银河,旧朝的词语

苜蓿花的少年,梧桐树枝的凤凰
束身的绸缎裹住等待发育的乳房
青瓷样的忧伤布满宫殿的铜门环
斑鸠娉婷的碎语笼罩满六月梅雨

威尼斯或扬州

在水上写首诗,年代久远的扬州
威尼斯,或者画舫里的西西里岛
绿海螺的地图、指南针,银色鱼
穿过江南的蝉与夜晚,翠衣少女
赤膊的水手与船长,想象的教堂

商业化的脂胭、蜥蜴戒指和圆月
紫罗兰的诗句,装满金子的船只
铜镜的黎明靠岸,叹息桥的死囚
南方的葡萄园,黑暗中的枯萎蔷薇
秦淮河上灯影与带着鞭痕的桨声

夜莺和橄榄,这迷惘欧洲的四月
靛青和翠绿的海岸上,渡船驶向
虚幻的波浪,分担生与死的奥义
我取下窗外的雨与梧桐,用木梳
清理油污的河流,还有柏枝积雪

书生故居

明月清澈得融解整个宇宙与幽窗
蕨草丛生的寺院传来褪色的钟声
上山的小径、凉亭,书生的旧居
石阶布满藓类的花纹,漆黑的井
历史暗长的甬道涌向山间的湖泊

柏枝清扫旧堂的月光与白色紫荆
熏香间昏昏欲睡的弥勒佛,几朵
流浪的云穿过栎树,风搅动桉树
刺眼的光正在黄漆游乐场上闪耀
汉服少女在一条狭长幽径吹长笛

山顶的白玉观音俯瞰清早的小镇
庭院的玉兰开出古宅潮湿的忧郁
他在煮茶或著书,槐蓝色的山谷
升起旧有王朝的残迹,那边,雾
船、溪流、云杉从山外缓缓升起

猫与月

有时沉默会像莫扎特一样地悲伤
用秤称量手中的月光与水的星座
白猫在黑夜浮出一张淡蓝的面孔
我在窗下听阿炳,它踏薄霜走动
毛茸茸的音乐落在银杏枝与院墙

辘轳摇出心间的小水湄蛾眉间的
深意,月光在院外树林洒下碎雪
荒凉的北斗勺出蓝色的夜与荨麻
栅栏外万物皆共存的欢愉与逻辑
它们白的毛与光染满浆果的黑暗

窗外的月光转身折入古老的世纪
远方的火车奔向远方,飞蛾穿过
火焰的缝隙,猫踩过屋瓦的雾痕
从纸上穿过唐朝的夜,李白酒中
看见收音机、电脑和台灯的残温

春耕所见

明月柳丝交叠春风,三月松树林
起身遇见黑色的鹰,白马在草丛
云在集拢,遇见蟋蟀声里的月色
往事窗外喧哗,影子在暮色拉长
听见三种歌,悲伤、痛苦与欢乐

桑树枝头去冬余冷和刚回的候鸟
春风一摇,它们滥用华丽的辞藻
繁茂的形容词塞满百灵鸟的瞳孔
歌声孕育着夏的承诺与秋的欢愉
河流在梳理冬天留下混乱的秩序

我倾心牛轭下犁沟浊泥般的诗意
邮票的远山、星与瓦蓝色的天空
它道以成形的愤怒、死亡与贫困
地图上古老的驿站的马匹和船坞
圆拱桥谦卑的身形和桂树的寂静

暮色橘林

那年，看见秋天暮色下的橘树林
在灰暗的雾间，夕光筛过黄橘子
仿佛什么也没有发生，纯洁的光
熠熠生辉的满月在树林变得透明
故乡在一棵多汁丰盈的橘子树上

静静地叙述、凝视，在窗外生长
在江边的村庄灰色山岗的黎明里
在庭院某个角落，它们慢慢成熟
谦卑、宁静，保持着柔软的顺从
世界为我安排古老的寺庙和橘林

灰袍老僧故去，穿过倒塌的佛塑
孤身向南，越过铁轨与高速公路
如今，窗外灰蒙蒙的楼群与广场
在暮色中闪亮的霓虹，我记不清
它是在远方的河畔或不清晰的梦中

成长

黑暗总以温暖的名义养育我们的
幼身，我像蝉的成长无声中蜕掉
不自由的躯壳，剥掉身体的疼痛
结痂的伤口凝聚满了成长的背叛
开窍怒号与抽筋削肉的脱胎换骨

地图上起航的船遇见吞舟的巨鱼
破碎的罗盘指针寻找未知的方向
长翅膀的鲸鱼消失在大海的深处
空虚的时光塞满墙上的镜子与钟
我在寻找一个没有门牌号的地址

夏天在身体里变形，积满寂静的
风暴与火焰，成长背叛像弩上箭
酷爱与不确定的一切续签好护照
腐朽有迷人的魔力，模糊的黑白
在成长中清晰，我一层层蜕着皮

院中寂坐

日晷上的日子一瓣一瓣地落下来
夕光中的鸟鸣一滴一滴,清澈而
年轻,蓝色的寂静从山那边涌来
覆盖满树的李花,我从它的裂缝
经过,像光在黑暗中遇见它自己

蛰音发出光的声音,在体内流动
急湍的河流随月光远遁,我听见
水细小的坼裂声,穿过懦弱铸成
黑暗。而光,总会照亮早醒的人
光与万物彼此确认,黑暗在闭合

我坐着静静倾听时间从日晷滴落
寂静像潮水样挤向门与窗,它沿
石块的缝隙滴落,抬头望见天空
满月汩汩涌流,水在深井中裂开
声声碎响,在宁静的光线中展现

奈良物语

渴望鸟羽的轻盈与温柔，在四月
港口的船升起雾中的远方与礁石
白樱花对霓虹灯充满喧哗的戒备
化成春日的蟋蟀与流萤，在舱中
听着篷上雨水吹打着远山的迷雾

唐代的气味，周而复始的颓废美
有点敏感的器物布满放荡的世俗
缥缈的虚无，古寺里安静的哲学
人生是易逝之物，它是冰里的水
雨中的蚁，寂寞芭蕉丛里的月光

柏树精致地圆寂，消融繁花与雪
窗外灰长袍的僧人与水墨的竹伞
我在这里读着小木梳一样的诗句
它们柔弱得永恒，明月轻如滴水
顺檐落成白花，我遇迷鹿般人生

暮春郊游

春日雾间，寂寂妙龄少女落花样
悲伤，她站在桥头望人又看风景
路边的芳草，远山，让她觉得美
流水升起轻烟，分娩游鱼与飞鸟
声音纤细而清洁，像初绿的树枝

零星的细雨束起柔软的腰，春风
吹开雪与杏花，红雨伞下蓝色的
汉服和花瓣，你用形色软件辨认
陌生的植物，它们在古诗中生长
平静里沁出来的忧伤与瘦小的叶

紫荆花落于拱桥边的枯荷和乱石
绿色的浮萍惋惜云中落寞的燕子
啊，这干净的暮春，只剩下风筝
黄昏的车遇见雨中的象征，翠鸟
拍击波浪，水中万物的脸在晃动

雨夜闻笛

灯光陈旧如微暗中的星辰，照亮
凋零的旧海棠，她在听落雨与灯
台阶的苔藓般的迷惘，美丽事物
总令人停驻或低头，昙花用清香
保存它那短暂的美和永恒的尊严

四月落花间的笛音，空灵的迷茫
譬如朝露的人生，从笛声溢出的
柠檬与月色，一粒一粒的光充盈
黑暗，笛音如酵母般发酵着寂静
那声音穿越我书页的词章与典故

无法言说的寂静在闪耀，这声音
有遗忘的失落，当时情景还残留
它的余温，它一粒一粒洒落我心
我试图讲述年轻树叶上的光束与
夜的脸庞，却不知它将去往何处

秋夜群星

秋夜寂寞的群星有老虎般的斑纹
与云保持失落的距离,此后日子
河流变小,天空挂满年轻的树叶
灯在讲述自身传说,墙外的黑暗
院内镜子里剩下往事执念的霜迹

秋天的杉树露出它们清瘦的身形
深夜灯下,桂花香在玻璃间震颤
我在倾听群星撞击着流水的声音
灵魂化为星光或微尘,纯真的光
像猛禽飞翔,老虎抱雪走过天空

逆流而上的鸟鸣洗净夜色中银河
溪水成石头,凝固在水中的群星
进入生命的寂静,我凝视着苍穹
在喧哗的人群中寻找自己,当我
唱完了那首歌谣,群星皆已熄灭

魏晋幽远

接骨木无眠的秋天，阴影里溢出
孤独的形体，清涧里冷冷的回声
月光在呼唤着一株毛茸茸的植物
菊花绷紧峨冠的幽香，逆光夜鸟
一把修长的利刀，切开满庭百合

蟋蟀的鸣叫，晚唐的风声与曲调
自远而至的思念遇上多愁的月夜
寂寂的词语，在等待漫长的允诺
秋天草木记录旧日子，河水奔流
风吹破九月纸窗，月光覆盖渡桥

汉代蓝的夜晚，鸟与人结伴而行
落叶的树刺破雾中无意识的寂寥
夏天秘密的颜色在无知无觉褪尽
一群群的美在消失，秋夜的灯火
适合幽远的魏晋，抚琴或者养鹤

秋天一日

马蹄在蝉声中结冰，奔跑的石头
斜插入溪水的肉体，秋风在酝酿
树叶的悲剧，它囤积夏日的雨水
时间为我虚构旧朝的水瓮与陶俑
玫瑰色的下午，从前世延续至今

声声慢的俗世，饮茶等明月上升
庭中桂花缓缓地开，清香跨入门
向你问候或告别，隔一盘茴香豆
饮下白杨与落日，波浪放弃夕光
画眉在花楸树唱着长方形的喜悦

沉寂的音符来自山谷间的野茱萸
菊花里抽出暮色，往事悬空雾中
西风把隔夜的疲倦写在水波之上
霜给大雁虚无的地址，从北到南
它们的翅膀背负春天的诗与眺望

春日细雨

东风空出山坡，种下芭蕉与玫瑰
春日细雨的窗外，桥头撑伞少女
禾束般的腰，一朵光点亮黄昏的
湿树叶和脸，芙蓉记住雨的年龄
行星在头顶盘旋，微茫清磨长夜

哦樱花们无言的喜悦，曾几何时
新燕用呢喃修补天空，树叶转绿
延伸春天屋顶，思念用寸阴翻越
心与心的距离，忧伤的黎明开满
山上的荔树林，你有小小的失落

枕上积满温柔的倾诉，月光长梯
延伸到你伤心处，流星群在坠落
你在镜中写虚构的春色，他与你
保持完美的距离，守候离析分崩
天边的积雨云已驶向漫长的航程

水边之鸟

雁子挣脱云的寂静,论道的春风
唤醒杏花和锦鲤,我们盲目相信
一块说话的石头,它谈些愉悦的
问题,花喜鹊遇见含羞草的时节
羽状的细雨敲打颗粒饱满的音符

你拭擦窗台的铜镜里白马的蹄印
黑夜收拢黑鸦样的翅膀,白鹦鹉
衔住灌林丛黎明,朝阳并非永恒
他们总寻找它微小的黑暗与阴影
万物皆过客,你微笑看它们倏忽

衰老生死的痛苦,杜鹃鸟的喉咙
泣血的光,白昼挤掉黑夜的虚无
翠鸟怀念它出生前的一个早晨和
水中的羽毛,它划过波浪的声音
河水用身体收好春风深绿的寂静

秋夜之形

灵魂飘些孤独的雨,寒霜冻僵了
静默的拱桥,你等待陌生的星星
群山消失山顶的树尖,而秋天是
一条下山的路,树在落叶,稻在
低头,我在深夜给花楸树写封信

棘刺丛黄昏里那隐而不现的鸟鸣
被蕨类与暮色俘虏,我还在分辨
流水的嘘唏与岸边的素馨,冥想
扑朔迷离的楠树与竹林,雨打开
秋水无形的波纹,局促的杉树林

大河两岸的秋天,银亮匕首刺伤
蝴蝶与蔷薇,我用诗描写寂静的
颜色,像光从阴影里溢出的形状
永恒而抽象的月光照亮孤独的猫
轻爪踏过寒霜,眼里真实的虚幻

水

水在井中穷尽一生,它很想看看
井外的天空,在水里种一棵柠檬
它跟风与云去流浪,细雨中骑驴
晴朗的日子策马扬鞭,鱼与浮萍
吐着信仰的圆圈,这求生的本能

它吃着月亮与星星的倒影,饮下
时间的腐味,井壁的青苔和石头
落叶与萤虫,它清凉的身体喝下
几片橙黄的天空,过路的布谷鸟
永不疲惫的嗓音,这求生的欲望

井口锁住它幻想的波澜,从辘轳
到木桶,井绳淹没了寂静的汁液
井水吐出柠檬酸涩的颜色和余温
它在水里繁殖纷呈的舌头与面孔
古老柔和的回声,这求生的意志

江南旧院

春风漾心,星座萌动,溪流潺潺
惟有南山悠然卧门前,山间木叶
纷然开放,一鸟长啼,一鸟轻飞
一鸟如禅入定,靛蓝的影子投在
草丛,雾的清凉中有张清晰的脸

月的碎银铺满四月的窗,弄堂的
高跟鞋与旗袍,清晰芬芳的背影
栀子花香一丝一丝沁满整个小巷
古意的旧堂伸出一株盛开的海棠
人间的曲径通往幽暗明灭的石阶

它的身体装满微缩的江南,深院
马头墙,悠闲的田园,运河税吏
发暗的纸页留下明代某人的旅程
声音来自黑瓦的风与远方的犬吠
河流的青石拱桥,静寂的夜航船

隐逸小镇

树枝的梨花与明月，黑暗中的鸟
收缩起羽毛，光从断裂树枝涌向
蟒蛇样的天空，抒情的日暮布满
乡愁的浮云，行色匆匆的人登高
望远，尘世间短暂的过客与流星

旧世纪的枝头开满苹果花与樱桃
雨淋湿蝼蚁般中年，岁月碎裂的
声音，那磨损的门口弯曲的身影
万物徒然，松散蛀蚀的残破尘世
雨中伤心的气味布满隐居的小镇

牵牛走过圆拱桥，杏花里的夕照
岁月在镜子与溪水中喊我的乳名
水自东流，人渐衰老，但不厌倦
青年的热血与激动，听啊，岁月
在洗刷着我们内心的软弱与苦闷

颜色

夕光中渡海的人遇见鲨鱼与海豚
飞翔，蓝色黄昏不断向四周扩散
褐色狮子把吼声扔在地板，尖颤
攀爬墙壁和窗户，树枝掠过黑夜
划开天空靛蓝的皮肤，一只老虎

走过绿色玻璃，它的爪子在颤抖
淡蓝色的声音在雾中流动，声调
像波浪在荡漾中磨平，时间的肘
撞击白天的树，看见鸟样的心脏
它们欢乐地跳动，是画眉或百灵

灌木林中黑翼的猛禽吞咽着月光
山峦俯身在倾听纺织娘，变紫的
红罂粟染透碎片的云朵，眼镜蛇
吐纳清幽的脸颊，花豹子的眼神
冰裂的声音，它用牙齿撕开黑夜

夏日池塘

鲤鱼般的幽灵占领了寂静的水池
百合花坡地模仿星空,小窗锁住
明月与虫鸣,一只白天鹅在复制
唐代的风景,落花辞树彩霞汹涌
万物皆为风景,忍辱的种子萌发

游鱼吐出寂寞,睡莲浮动着微凉
鸡冠花弯曲的冠顶散发迷幻的光
树影在水中写浅蓝的姓名,钟表
在墙上假寐,这无拘无束的春天
宁静的翅膀、梦幻和遗忘的鸦片

群星被流水所伤,烟的云梯伸入
丝绸样的孤寂,瀑布群上方的霞
挂在远方的树林,一对交媾蜻蜓
泛起池水的涟漪,而禁欲的月亮
凄凉地漂浮,水在鸟鸣涌动空寂

隐贤寺

院墙长满青苔的消息，蝴蝶写着
斑斓的文字，桃花开满寂静小径
古寺庙的木鱼在说着古代的语言
树木阴森如长袍僧，钟声如落花
洒满石阶与飞檐，兽的铜环沉闷

锯齿树叶切开寺门和佛经，银色
磬声归于沉寂，星星落入僧钵中
鸟鸣从松枝溅落水井，燕的面庞
从池潭中浮现，一串串桐花摇落
对面的山脊升起一轮袅袅的月亮

它庄严如寺中佛像，凝固在苍穹
小叶榕垂下禅意的阴凉，芭蕉丛
经历夜的幽深，万籁俱寂的寺庙
山后荆刺丛夜鸟与蛙鸣高亢纯净
溪水带着古老的力量在树林滑过

江夜

春夜的月光与尘,这鲜花的芬芳
它寂静上升,闪耀,这影,晃动
像古老的梦,似真非真,像木头
掏出虚无的火与灰烬,像透明的
爱,星与光,这爱而不得的遗憾

轻盈,青春,这江边的一夜明月
白羊座的天空,细弱闪亮的星星
纯真的野兽,它们突然开口说话
皓月般的声音,庭院白樱花开放
还有一只鸟,它安静地扇动翅膀

桑树林,安静得只剩下长江涌汹
它喧哗地朝着我们,唱明亮的歌
那棵衰老的树摇动,我们在江边
月光铺满了整个江面,剩下明月
在头顶,它倾身,朝沉默的大地

月夜喂马

寂静的井倾倒满天空无瑕的月亮
白色的马匹从墙外的芭蕉丛探头
陈旧的痛苦在水井中,点点闪亮
迷茫的马朝你奔来,它的白鬃毛
投在马头墙的阴影,它凝视天空

星辰像一个明亮的词,锤打黑暗
桶的声音自井壁中响起,绿芭蕉
站在树的尽头,我们纯洁的孤独
像夜来香在开放,夏天脱落阳光
沉默的马黑暗中呈现古老的寂静

一些莫名的渴望在丧失中,像马
站在马头墙边将头颅探进黑暗中
像月光把墙、花香、井连根拔起
我把桶垂入井中,声音归于平静
那轮破碎的月亮在桶里凝聚成形

过墙之花

春风用野蛮的力量敲碎羚羊寂静
遇见明月的芭蕉与无花树下的蛩音
鸽子在屋顶咕咕，水牛反刍黄昏
纯净颓丧的忧伤，星暖水缓的夜
剩下孤独寥若晨星往事灿如浮云

隔渊望见迷路的人，她满脸夜色
白羊座的流云，逆流而上的风景
浩荡的江河感叹虫蚁短暂的一生
梦骑着银色马经过屋后的椿树林
月亮：燃烧的石头，照耀水仙花

蓝花楹的井边打捞出细碎的月光
它嘤嘤的声音割开睫毛上的寒冷
桦树林的惊鸟，霜冷月小的补白
在月光与星星两层凝视的重压下
一朵牵牛花顺着马头墙翻入院内

月之三章

午夜经过井边，落入井中的月亮
温柔、纯洁，近乎顺从的美沿着
井壁上升，停落在陈旧的木辘轳
俯身井中的月、云，一两棵松影
那永远的凝视与垂入井底的吊桶

涌进庭院的月亮，它保留野性的
羽毛，落在院中满面泪流的菊花
花丛间绽放的蟋蟀与枝下的蚕鸣
猛然听见月光敲打在窗户的声音
那投寄地板的乡愁与老屋的横梁

我推门仰望旷野光线汹涌的月亮
躺在它怀中的长江，群山在聆听
它洒下的浩大与苍茫，水阔山高
一头站在天空的猛兽在抖动头颅
旷野的寺庙和万古长如夜的山坳

暮色遇鹿

鹭鸶站在一朵野茴香的下午歇息
长脚抓破稻田的天空，鸢鸟飞过
河边的栗树林和水葫芦样的傍晚
站在宅院后的红柿树颤动了一下
秋天沿路畔野菊花的夕阳落下来

野荸荠在洼地唱着水淋淋的歌谣
松枝上空飘荡着我使用过的白云
桤树林摇曳窗下长裙子们的秋天
燕麦摆出丰盛的花纹，远山黯淡
牛啃食野苜蓿般寂寥，古寺如灯

那只灰鹭盘旋过各种颜色的下午
云们像地丁花开满湛蓝色的旷野
那美的安静，在水塘边几乎停止
一只麋鹿低下头饮水，它斑斓的
身体像对岸的山梁间升起的明月

下落不明

从下落不明的词语中寻找着自己
物质更换地址,我在网络更换了
生活的接口,雨滴沿春风的曲线
抵达,旷野的杏花已开,故国似
春江的鲤鱼,它转身游往吕宋岛

春风分开杜鹃的悲啼,一辆火车
轧过瘦山寒水,桅杆晃动的江面
老旧的地图寒鸦啄食鹦鹉样星粒
楝花穿过细雨的甬道落满鹅卵石
湿濡的草丛,蟋蟀声的老唱片机

在古典的灯下,拾起潦草的昨天
褐紫色的蝴蝶:松枝摇动园艺学
一种美像枝叶在深谷的风中演讲
下午的小水湄有牛群荒凉的哲学
落日如去年的松果跌进黄昏山间

在树林中

穿长袍的灰喜鹊窗外黄昏的树林
贫穷的云越过富庶的山谷,栾树
窥探栎树与松树的腰身,花楸树
幻化起飞的天空一群善良的鸟类
路畔的苦楝树布满了时间的伤疤

石头把名字隐藏在波浪,四月里
忧伤赶着一群暮归的羊,它眼眸
新月极其美丽,啊,群山的恩惠
野天鹅从芦苇丛起飞,水中闪跃
星火、雁鸣,俯身池沼边的码头

青苔颤抖的波澜,西风带来远方
栗树林长久的悲伤,生锈的铁桥
驶向更黑的夜晚,我的肉身带着
明净而清澈的翅膀,像明月上升
像松树,高于在地下安息的灵魂

蝴蝶与马

窗外的雨淋湿秋水、你、灰蝴蝶
长途卡车带来铁路、彼岸，驶向
小镇悲伤的远山，雨让万物有了
孤独，铁桥经过小镇河流的眺望
小镇的尽头，风停在衰老的马匹

世界的爱、月亮、青草，灰白的
郁悒突然明亮起来，树林在守望
宽阔星空，穿过远方的马与卡车
野葡萄藤与赭色的花，秋天山林
沉寂的风景与烟，黄昏的白桦林

蝴蝶在雨中像燃尽的烛，一匹马
穿过小镇漫长冷清的白昼，投下
影子的命运与明亮的风暴，等待
迷失在果园与灯的鸟，黑裙子的
秋天沉默，外省小镇蝶翼的褶皱

祖母的雨

时光紧贴雨的皮肤,它骤然照亮
庭院的水井,一块石头夜里疯长
戴胜鸟飞过水的码头,风过廊亭
雨落在屋顶,仿佛老祖母的呢喃
在梦中蔓延,阴暗神龛里的族谱

雨落在抽屉的线团,我们在讨论
马、庄稼和雨声,它静寂的身体
挤满长方形的孤独,逐水而居的
兽类与鱼群,落日又落草的英雄
天空小而黯淡的星星,记忆反复

雨在叙述祖母蓝色的幻境,麦束
在田野摆平,雨水在屋后的竹林
敲打,灰暗的回声在芭蕉林飘荡
许多时光被雨吸进它幽暗的身体
它落着,仿佛生命沿着池塘扩散

茛草

冰冷的畜棚月光凝结在牛的眼睑
温顺缥缈的声音滚过田野的棚顶
被月光压断的树枝沙沙拂过窗下
祖父围栏里的兽踩着光走向远方
牛低下头,它玻璃样透明的伤感

月光下的父亲穿过庭院的芭蕉丛
竹影遮住的窗下,月光反复跳跃
它的光投在田野的野苜蓿与紫芸
白花与紫花晃动一下,相互倾诉
遗落在黑暗的茛草,那挫败的叶

世界的美好仍将继续,药性的根
扎入大地的深处,像我疼痛的牙
深入肉里,父亲拔着茛草仿佛拔
我牙里的痛,牛在月光里咀嚼它
我的牙齿,仿佛它的根须在生长

山寺小憩

紫荆树上方的星空、群山，一轮
在山岗跺脚的月亮，落日解构了
珠江中的波涛，愤怒消融于夜景
我追赶霞光里灌木林的野花鸣虫
弯腰拾起一颗遗落树叶中的野果

触景生情的江山委身于山中池塘
七八朵枯荷呼应千年之前的隐士
儒道是小舟，渡两三只无为的蝶
凤凰木恢复阴凉的景观，退隐的
蓝花楹与木芙蓉，山间古老寺院

青石台阶落满银杏叶，夹竹桃花
弯下的细枝与浓香，明月似庄子
刺破内心的晦暗，曲廊通向长亭
隐士们热忱于树木与花草，而我
在山涧寻找着明月银白色的隐喻

松间明月

明月在松树枝头翻滚,银色的兽
从田野上跑过,它的利齿切开夜
藏在荨麻丛,花楸树,在黑暗中
奔跑的母鹿长角挑破十月的月光
停在心灵深处的风暴,野菊花般

在深秋的夜举起一盏明亮的孤灯
向外张望的花瓣扩散秋天的涟漪
缓慢的西风从海边吹了过来,谜
从锯齿的叶片到地下的根的蓟草
我像它们样,在路畔开放又凋零

鹊鸟像钉子刺破了黄昏,又深入
令人窒息的夜晚,它凝固的语调
似村前的哑河,蘸满乡村的凋敝
月光像田野阡陌的茅草独自生长
祖先像月光样沉默,在静谧后山

幽暗之星

树林升起杜鹃声,它急喘的语调
像短促而笨拙的抽水泵,秋日在
封闭的夕光里凝固,从空旷飞向
虚无,鱼跃出水面,秋蚕在自闭
吐丝,我们结茧地生,自缚地活

蟋蟀魔幻的鸣叫,汉语经典方向
我与榆树交换虚无的枝丫与禅意
深秋的田地闲谈的农民,鲜活的
面孔与语言,大地般厚重的修辞
长眠杉树林的肉身彼此交换着爱

路边的小灌木保持着秋天的原貌
暮色锯开河水的波浪,夹竹桃花
带着深秋纯粹的气味站在山路旁
杜鹃声声击破密林,那温驯的牛
走进湿雾间,咀嚼着幽暗的星星

刺槐

我身体藏刺槐、栈桥和寂静的雪
破土而出的繁星铺满山谷,绿杨
槐荫里水田、山丘,临池的白鹭
带着曙色与无尽的葱茏爬上顶峰
在一块石头刻下没有修饰的名字

溪水开始后退,在山中养育鸟鸣
落英、树下的人群,深井边苔藓
苦汁的春天重新创造绿色拧紧的
寂静,溪石上的树影移入微澜的
身体,那些爱与恨像泛滥的潮汐

月光:春天的刺槐拂动冷火微焰
混合苦与欢娱的夜,鲜活的鸟鸣
打磨雨滴样的合金,槐花隐忍着
波浪的精确,刺槐花弧形地扩散
交叠着明月、鹭鸣,闪亮的迢递

栀子的纹理

泥泞的栀子花守护淡褐色的长亭
叶脉呈现星空的幻象,椭圆天空
停顿恒星、尘埃,白铁皮的石径
青翠竹林夹杂凤凰木,晚风赐与
荒凉、冷清的词,鸟声明亮如星

落日徐徐陨落,我们年轻的理想
缓缓滑入现实的沼泽,珠江激荡
回旋,声音浑厚,向晚的光线中
栎树叙述摇晃的生活,木头栈道
谦逊地延伸路的定义,几株苍松

收缩冷静的哲学,紫荆树从盆景
取出缺损而变形的暮色,池塘中
微观的山水蕴含万物生存的困境
人间的悲喜凝结山顶长亭的尖角
它混沌的纹理如栀子的清香逸出

暮憩

暮色贴近柏树枝滑向峭壁，锦鲤
游向历史的深处，鹤穿过晦暗的
天空停在塘边，灌木与荆棘调整
夏日的景深，飞蛾扇动翅膀盘旋
松尖与山石的纹理，葱茏的孤独

星空浩荡而晦蒙，摄影师用镜头
拭擦着垂线的狼蛛，镜筒的孤独
沉默而清晰退回不可穷尽的风景
一只、两只鹤让夜色变得更完整
它们的鸣叫，消失在寂静的山林

用快门锁住流逝的，捕捉到鹤翅
浮光、风的寂静，在可能的限度
呈现凝固的瞬间，暮色偏向塔尖
在书生的故居寻找着慰藉的气味
来确定面对自然微亮的精神溯源

半山凉亭

沿石径曲折指引追随竹林的明月
黛色的山捕获溪声、瀑鸣和雾霭
寺院的钟隐进白石桥下的荷叶丛
回头的石龟染满佛经的清心寡欲
竹廊横陈若有若无的轻烟与月色

山道旁的香樟、桂树沉浸古远的
闲适,紫堇收缩短暂而善良的美
竹影、寂静砌满台阶,灌木丛中
蛩音似念珠闪烁禅意,石头小径
沿着溪流转弯,折进竹林的深处

几颗溪中的石头映衬着刺槐树影
苔藓的上方被月光镂空,在半山
凉亭布满了中国式的审美与永恒
明月顺它的飞檐投下竹林的喧哗
那空荡荡的石凳挤满秋夜的山水

残山剩水

明月盘跃在寺庙的栏檐,它固守
旧有的秩序与审美,山中的树木
不断砍伐重植,来自异国的桉树
墨杉显露新的风格,它与禅、道
无关,颓废的晚风还用往昔修辞

描述山腰的长亭与园林,白菊花
蓍草在路边、溪畔占据一席之地
几棵幸存的银杏给我中式的慰藉
书画、山水和诗,各自穿过丛林
野鸭与白鹭凝成山中不变的纹理

寺庙与教堂,各安其所守在山中
不远处的湖中,几株芦苇与竹廊
古井旁用塑料瓶汲水的人,枯荷
微微晃动,寂静的倒影像唐诗的
小小的韵脚,这薄暮的残山剩水

山间遇鹤

鹤鸣声里的忍冬寂静，白雾舒展
池塘里的波浪，低垂的柳枝拂过
沙沙作响的石阶，桂花飘满庭院
拱桥上经过的油伞与风筝，白堤
远处青山带来小镇外溪流的水汛

青石板呼吸鹤苍茫的影子，溪流
沿酒杯曲折无尽，竹林攒动点缀
万物的枯荣，夕光倾泻而下溢满
山谷虚空的部分，夜风有僧人们
灰袍的气息，沉浸于白昼的枷锁

世事如山道曲折而险峻，锈蚀的
现实与阴霾的天气穿越薄暮岭南
几间旧舍隐现于山沟，竹林铺开
天边的月色与鸡舍的星光，白鹤
突然从树林起飞，朝眺望的远方

铁路公园

从旧事的股份里抽出南风与诗句
漫长午后观察草木与短促的春天
溪流用柔和的语调传递爱的孤独
伞莎草谦卑身体焕发古朴的力量
桉树叶闪烁夕光不易觉察的微澜

香蕉树在自我制造,春日的光照
偏离它粗大的枝叶,隐匿在蕉林
废弃铁轨边,一张张网红的脸孔
涂抹油漆的铁轨伸入荒芜的藤蔓
延伸了暮色中木材厂女工的憧憬

水葫芦在沉思堤岸拐弯处的弧度
弥漫生命丰盈的星辰、花树和灯
榕树上的鸟群,一条静寂的石径
在山茱萸的阴影里,闪着幽光的
甲壳虫像黑亮的灵魂,退回草丛

在海湾

船只剖开流浪的肉体,它生锈的
桅杆和尖利的铁锚伸入海的腹部
霞光融入远处海岛,白鹭的尖叫
稀释语言的浓度,水泥栏杆裸露
大海孤寂的阴影,从水分辨出水

年幼者用沙子、贝壳、枯枝建筑
童话的围墙,游泳者健硕的身躯
河湾的浅滩青蟹从腐泥伸出利爪
鸥鸟从弃舟飞到岛屿上的榕树丛
喧哗声自浑浊的泥塘缓缓地上升

十月的天空激荡起青碧色的波浪
它为大海制造了一个高高的穹拱
海浪清空了我内心的深渊与岛屿
悠长的浪声精心雕刻海的边界线
它玲珑的曲线渐渐化为我的孤寂

惠东海边

我擦拭着镜子中的乌云,雷声从
远方带来矢车菊的黎明,雨未经
窗外的栎树证实,它迟钝地叫喊
清澈而炽热地灌满案台的墨水瓶
每一颗真挚的心灵都在纸上流淌

黑暗从幽静的山谷上升,夜为我
倾倒出所有的星辰,牲口的食槽
灯重新点亮,鸟经过尖锐的玻璃
贴墙游走的臭鼬消失在长廊尽头
夹竹桃蓊郁的阴影越过铁质栏杆

在颤抖的光影中,水鸟掠过海湾
记忆的银鱼闪烁,幼兽般的黑暗
从窗口飞向未知岛屿,青蟹钳住
台灯下的风暴,它用细小的躯体
对抗大海上的飓风、雷雨与铁锚

书生故居

雨滴凝结成纸白窗花静默的岁月
树木、瓷器、蝉鸣虚构一种寂静
破败的下午被雨水一段段地截断
重整,夕光似古朴的遗迹映照着
马头墙边闪动的脸与少女般栀子

湖水获得雨水的委任,它浑浊的
呢喃变成清澈的鸣叫,仿佛古籍
重新获得理性的光芒,石阶与梅
枯瘦浓淡的庭院埋葬岭南的沧桑
八角亭带清凉的歉意淡雅的远愁

山涧虚构诗中的雪意,它的笔墨
悄悄发生偏移,归隐和进退艰难
把影子折进院间井边苔藓,鸟声
是孤独的知音,纯净得几乎虚无
天空很蓝,院中的桂花开得很盛

栎树林中

树枝拂过天空,一枚唐代的明月
叠满诗人们的折痕,闪耀的寂静
蓄满虫鸣的山谷,溪水剖开群山
露珠沿树叶落在崖石的灰鹰身上
风从深草丛奔驰,穿过栎树眼睑

我坐在忧伤的月光中,思考圆润
晶亮的星星,它们的光落入溪水
晶亮的白石头,鱼游过黑色腐叶
风经过树林,匀称而性感的躯体
从淡色的山霭归来,穿越栎树林

月光反复拭擦黑暗,星星胆小如
一群受伤的动物,蜷缩天空一隅
它们瘦小的灵魂恰像天空的碎片
我在倾听它们滚落在草丛的声音
仿佛月光和风踩疼栎树枝的嫩叶

第四辑
道法自然

诗艺

液压机笨拙的喘息仿佛我诗歌的节奏
沉重的力沿词语降落,直至把铁块的现实
砸出诗的形状,把诗艺编进机床的程序
车床滑杆进退回转,语言的车刀雕刻
诗歌的语调,在谨慎的年代
诗歌不再吞没工业,我像顽固的丝攻
朝着时代的腹部前行,在寂寞的铁上,
研磨、刻字、开槽,现实却如苍白的灯
照亮我与诗的脆弱,锈迹斑斑的沉默
技艺像炉间的火焰,不断淬炼诗的杂质

道法自然

我在读着《道德经》,身体涌出了山水
生死、有无,我摸索车刀、弹弓、螺丝
尖锐锋利的有用之物被磨损、破碎、遗弃
短暂的喧哗凝固,我凝望窗外的明月
无用之物得以永恒的秘密,它的光线
书籍和影子在暗处潜藏古老的智慧
我知晓的星星、云朵,抽象的哲学
山中,剩下的那棵无用之树得以茂盛
盘根错节的万物因果与轮回,一条鱼
在水中羡慕翅膀,镜中的老人长出双鳍
我瞥见铁块、塑料,它们构成资本、利润
寒溪穿过白天与黑夜,它没有固定的形状
逝去的短暂的永恒,它们表象之外的
记忆、希望,我从一些琐碎之物寻找
永恒的意义,那些实体背后的幻象
繁华之后衰落,倘若老子的智慧
从深夜的机台升起,文字沦为齿轮

我在深夜的工厂读着道法自然
日月在天空燃烧,机台在厂房转动
我沉默而疲惫,它是"有"或者"无"
浓缩成一种简单的美德,在心灵的隐蔽处

在黄麻岭的午夜

金属星星的肋骨已从白昼解脱
我爱它冷清,夜来香自由地开放
沉默里更为隐秘的事物在运行
它们是机台、行星、寒溪,没喧哗
天空与大地显得更宽阔,而我自己
活在尘世,显得更为落寞,我确信
一些逝去的事物会重新返回
梦、理想、爱情,比白昼更为清晰
月亮还秉持古老的传统,守在夜的中心
棕榈树站在工厂的围墙外祈祷
失眠带着我的影子穿过寂静的街道
此刻黎明在黑夜中孕育、诞生

天空

我已忘记北方庭院的天空与星辰的颜色
银河倾泻繁星、蛩音,不知名的流星穿过
旷野上的村庄,我曾凝视那些星座
它们真实的虚构的轶闻,凉寒的云层下
葡萄藤架的流水与红砖的屋舍,时光
熏黑的梁柱,萤虫在柑子林中闪烁
沉寂的凤仙花与鸡冠花,我记得的清香
蓝色的屋顶、雕刻的门廊,湿气的青草丛
长堤外的船只,夏夜幽冥中持续的蛙鸣
清晰而虔诚的天空,清辉里的童年流过
如今在浑浊而疲惫的午夜,颓废的工业区
街角的昏暗路灯、电线,轰鸣的机器声……
我抬头看窗外的天空,消失在雾霾中的星星
那月亮,像寥寂的怀乡者,在天空中经过

逝者如斯夫

彻夜不眠的日子我的疲倦因为爱而消逝
明亮的痛苦在机器的轰鸣声中变得灰暗
雨正沿暮色窗台洒下一片鸽子样灰冥
交班时辰,你的白昼正从我的黑夜出发
路灯的阴影正穿过黄麻岭某个厂房的檐角
黑夜中被觉察的日子像溪水间的鸟鸣
在一枚螺丝光滑的纹路里,时间推开
铁具的门,街道的工厂伸出柳树枝样的手
接纳许多来自河南、湖北、四川的年轻人
有时岁月像一张陌生的面孔从镜中走过
有时它又像一双凝视的眼睛在机台伫立
当我们从黄昏的深处朝它张望
那些抽象的、无形的日子正被我们在机台上
纺织成彩线、铸压成钢模,或改造成为
一块塑胶、一个电子元件、一双鞋子……
整齐地排在流水线卡座、车间的机台

它们跟随一辆辆货柜车走过,此刻寒溪
潺潺水流声在低低说着:逝者如斯夫

傍晚

飞鸟在不远处荔枝里振动翅膀,落日
在对街的厂房楼群间,宁静而凄凉
我啊,在它的余晖里,将黑色铁片
轧成零件,我知道,在远方,一定有
繁花凋零,在大街,一定有工友远离
在黄麻岭,在遥远的地平线上,黑夜
正缓缓降临,白天如寒溪蜿蜒地消逝
而风正吹过窗口,吹拂我陈旧的念头
在五金厂的图纸上,我写下落花、大地
我也写下角度、尺寸、精确度……卷边的
生活,我将写下飞鸟、图钉、线条……
银湖公园的爱情,我记得疲惫、迷茫、孤单
那些不知所终的理想,它啊,已消失
在这里,我们短暂地相逢,又将分别
你又将随货柜车奔赴遥远的国度,我将
回到北方的村庄老去,就像我们在尘世
短暂地停伫、汹涌……然后长久地沉默

公园

在机台震颤间,在无尽的岁月里
那么多的细节与记忆被机油浸泡,淹没
在黑色的时间与弯曲的铁条,被融化在
塑料间,被车刀剔掉的青春期望
笨拙的黎明与柔情的黄昏都被我们
打磨,装配进某个电子产品
在凤凰大道荒弃的厂房边,我遇见
杂草与生锈的铁丝网,遗落的机器
它们在生锈,另一群年轻人提着行李
走过昔日糖水店,那曾在某个夏日午后
收藏我初恋的色素糖水,它黏稠的甜
安慰异乡失落的我,如今他已不知
奔向哪里,街角的长条凳尽力保留
往昔的场面,银湖公园留下的记忆
那么多,我清晰地明白在黄麻岭
这螺丝与塑料堆积的年华,它们已构成

我诗歌的动力,像一枚铁钉插入句子里

而我的心,像机台一样震颤着……

生锈

我的爱充满阴影与期待,我的心不会
因失意的日子而枯朽,在喧哗的车间
我的悲伤与欢乐化为机台沙沙的声音
制衣厂长裙的女工们,她们的劳累
顺着玻璃窗滑下疲惫的星座,衰老的机台
想到锃亮的往昔、力量与青春
从油渍间辨认齿轮刻下庄严的忧伤
岁月在额头生锈,铁在窗口生锈
落日在原野生锈,理想在现实生锈
我低声说的爱因为离别在沙沙生锈
青春在雨中流水线的卡座,眺望隔着
工业区的高墙和劳累的气息,它沦落
在狭长的流水线,我凝望生锈的天空
星星慵懒而疲惫地移动,而我的爱
不会因为燃烧而化为灰烬,随时间的流逝
它依旧保持着小镇般的迟疑、谨慎
敏锐与小心,如天空不知名的星星

夜晚

我拒绝夜晚赠与的繁星与流水
伶仃的神秘、童话,那欢乐的喷泉
给我北半球的战争、模糊的大海
黑色太阳镜的波涛,车间的机床
易怒的敏感,注塑机的傲慢,光线里
那些粗鄙的事带来浮华与喧哗
我听见体内的钟、灰烬的烟与热气
在一块铁片上熬过夜晚,满身的疼痛
无以名状的喜悦与无法化解的悲伤
当梦靠近我,不安地等待让它变亮
在钢锭茫茫轰鸣中,我无法理解
泉水的通道,黑夜给我明亮的恩赐
合格纸的插图,比夜潮湿、浑浊的抑郁
它黯淡,像雨腐朽月光,悲与愤融为一体
在这不为人所知的车间,我倾尽全力
向飘忽的尘世诉说,清晰的影子
汗水,窗外寥寥晨星,那未解的

隐秘地生活，为了在黎明做明亮的人
我待在黑夜中折叠好忧伤、雨水

勇气

天空赐予我古老的幻象，云朵紧贴
梦想之物，雨似婴儿嘴在车间上方
低啜，我取下苍白如月光的铝片
电焊机用炼金术溅落黑暗的黄金
星星在刻字机弯曲的脖颈，日光
清晰地刻进苦涩又懦弱的铁块
像我被流水线刻在卡座的工位
用手轻轻触摸天空的乡愁与忧郁
似我钟爱的江水的滋味落在皮肤
独特而相似的痛苦、爱抚
我拾起郊野的暮色、枯枝与霞光
在屋顶栖息的翅膀，年轻的疲倦
姗姗来迟的黎明，分割天空的电线
聚拢在一起，那夏日的困惑、冷漠
艰难，那如新月洒向街口的声响
枯枝败叶的傍晚，寥廓斑驳的远方

它留给我的困扰与一往无前的勇气
我理解天空炽热的激情与孤绝的明亮

只有月光从纯真的天空滑过

在江边某个岛屿,我们谈论逝者如斯夫
水中的月亮,树的云端众多的春天
投下波浪般的幻象,李白站在江边
他是我们的记忆,枝头盛开去年的落花
从江水中捞出星星和旅人,寂静碎裂
古远的永恒,我们投宿黑夜尽头的槐树林
只有月光从纯真的天空滑过,江水羞愧地流
啊,此刻,明月喧哗,江水奔腾
我们将耗尽夜晚的月亮与星星的灰烬
黎明孤寂的脸从花丛升起
走过古老的城邦和漫长的黑夜
梦在睡眠中筑起水晶宫殿与黄金面具

冬日遇鸟

它们从不远处的荔枝间起飞,盘旋
复而消失,我站在车间的玻璃窗口
荔枝林背后的工厂,喧嚣的机器声
独自一人,眺望,远方的树木、天空
道路上的车辆,它们不会朝我飞来
我熟识它们的,灰翅膀,明亮的尖叫
尾翼剪出蓝色的弧线

我熟识它们,在北方的田野、河畔
它们硬喙敲打石子、树木,衔起
一小块湿泥、碎枝筑巢,在嘉陵江的
芭茅丛啁啾,或者起飞,穿过江面
停在对岸的桑树叶,翅浪在阳光里闪耀

它们的名字:灰雀、乌鸫、白鹭、鸦鹊
如今它们搬迁到南方,现在是冬日
北方一片寒冷,赤裸的树木与村庄

她们在荔枝林不远处的厂房流水线劳作
阳光穿过窗户涌入，倾泻南方的温暖

钻孔机窸窣地鸣叫，一群蜂鸟
穿过，不远处的池塘、寒溪，它们顺流
入东江，潺湲的躯体，有通向远方的
铁轨、高速公路，卡车穿过，留下虚掩的
车轮，天空中，飞机留下一串白烟痕迹
它们闪烁，在机台上起起落落的制品
螺丝、铁钉，瓦蓝瓦蓝的天空

这是十年前，某个冬日的上午
我还记得，那些鸟只飞过荔枝林、寒溪
池塘……在不远方的工厂，我在窗口眺望
我在念着它们的名字：白鹭、灰雀
它们从荔枝林起飞，又落下
复而不知飞往何方，它们从遥远的北方

穿过河流、山川来到这里
天空有灰翅膀留下的弧线和长鸣

此刻,重访故地,站在寒溪边厂房窗口
那些荔枝林不见了,惟记那些鸟只
在我记忆搁浅,它们起飞,消逝
在冬日,阳光顺着对面高楼的玻琉窗
倾泻而下,照着人去楼空的厂房
我还记得她们的名字:李燕、杜庆杰、刘忠芳……
我还记得北方贫寒村庄里的鸟只:灰雀、乌鸫……

时间丰盛的肉体

在时间丰盛的肉体里，用细碎的声音
触摸彼此相望的爱，穿越机台的油腻
你手指在操纵杆留下的余温，凝固在
塑胶筐的半成品，贮藏着我的苦痛
它用探针、夹头分开日与夜，指示灯
斜睨我初夏般的恋爱，取出美好、孤独

被火焰清洗的时间里，酷热蒸流着汗水
塑胶、木头，我们凝视加班的星星
被机器的轰鸣搅拌，灼热的眉毛熔化
在热处理容器，暗夜、白霜、疑惑的
混合物在机台上萌芽，长大并开花
信号灯穿过月亮，取出乡愁、积雪

在时间粉碎的愁苦里，光线穿透冰里的春天
裹在电线的电流带来盛夏的炎热，光与爱
在钨丝间闪烁，螺丝机将太阳钉进黑夜

躁动的肉体沉默在午夜，弹弓、胶片、铝线
在二元晶片的洞穴试探，我们彼此取暖的爱
警示灯扼住月亮，取出梦想、春天

梦想在防腐油里盛开

梦想在防腐油里盛开，我将手
伸进天那水，洗涤油漆与斑驳的迷惑
生锈的暮色沿矮墙滑入铁蒺藜丛
我在织机上纺着工业的月光，它冰凉
似头顶憔悴的白炽灯，我用羊毛线
缚住大海的潮汐，被流水线缚住的青春
灰工衣将它剪裁出模糊的面孔

爱情在冷却剂间冰冷下去，我将情人
置放异乡的漂泊间，安栖在斑斓的眼睑
又被细长的睫毛抖落，疲惫的黎明
顺夜班女工蓬松的头发滴落，那双双
灰暗而茫然的眼睛，失意的橡胶滑过
注塑机的料槽，指示灯像冥思苦索者
站在深夜，白工帽遮住无影灯的影子

未来在松香水里浸泡下去，瘦弱的落日

走在通往忙碌的工业区街道，我送你一轮
孤洁的月亮在荒野，在憔悴的机台
我的寂寞、困惑，被轻盈的纺锤固定在
车间的某个角落，我试图用美丽的危险
诠释你的存在，像从香蕉水里捞出的
铁制零件，散发着梦与黎明的味道

歌唱

在炉火中歌唱的铁,充满着回忆的铁
它的低音或者高音,疼痛而尖锐的生活
它的方言披着春天的炉火与秋天的雨水
这烙红的光泽,让生活慢慢地磨损
熄灭,那个在炉火中坐着的年轻人
唱着歌谣,她看见落日正从炉火间
走进工业区楼群的车流
在它宽阔的明亮中,有着我的忧伤与眺望
也有着铁绝望的哭泣
我的悲伤在落日中坚定
我的歌像低声的流水穿过
剩下,一桶白色的希望在火光里晃动

机器内部的月亮

机器内部的月亮,塑料般地纯粹
从机台上走过的光,坚定、从容
不像天空中的月亮,游离、飘浮
经过窗台与荔枝林,那样地不确定
从天空中走过。机台收藏好它的
喜悦与忧伤。注塑机压造的月亮
并不明亮的光,它不安地闪动
它来自某个开关,细小的电线
小小的二元晶片,它们摇晃
在巨大的黑夜中,像工业时代
灰暗的隐喻。月亮,天空的肋骨
没有机器轰鸣的夜晚,沉默
近乎一无是处,天空中有些
冷清的月亮,一无是处地照耀
废弃的机台与厂房

散步

在银湖,在清晨的空旷里
那么多微弱的光线,沿着街道,走着,一直走
从公园的荔枝林,到莲湖的荷叶,透过清晨的阴凉
那些鸟鸣从虚无的天空扑棱着天空的虚无,而我
一个从故乡到异地的外乡人,在颠簸与流离的交错间
有幸享受这短暂的幸福,它们像公园里的群山,缓
　　缓围拢我
从四周,从树荫的逆光里,我与内心的欢乐隔着
清晨光线的距离,此刻,一朵荷花正在以热爱生活
　　的姿态
开着,在水中,在绿色间,在我感受到的这单调日
　　子后面
——痛苦与欢乐同样迷人,我怀念的,不是那些终
　　要消逝的
我希望的,也不是那些喜悦,在时间的寂静中
在银湖的碧绿间,那些缓缓流淌着,那些不可挽回的
过去与青春,它们都不重要,在这样空旷的清晨里

也许我,更愿是一株圣洁的莲花

在湖间,在这样的清晨,孤傲地开着

偶遇

或许还有别的事物

让我相信的爱，春天，流水，让我感恩

我的寂寥，我的辛劳，荔枝林中的飞鸟

我曾站在窗口长久地注视，那些

更为渺小的昆虫在一片树叶上生活

它们不因自己的脆弱而充满叹息

我常常因此而羞愧，在琐碎与劳累中

我有着一颗高贵而温柔的心，我相信的爱啊

像星辰一样长照天空，这些……被风吹着

它们在一台机器上停留的青春，夜晚无穷尽的

月光与寂寞，有雨水打着窗台，隐隐作痛的

黄昏，这些热烈而奔涌的忧伤，它们不是我

啊，这些消逝的，它们会与我相遇并问候，此刻

我站在窗口目睹风雨过后，那只瘦小的蜘蛛

重新在荔枝林结网，被风雨打湿了翅膀的昆虫

重新起飞，我，一个带着希望的旁观者

我心中的羞愧像傍晚的风，沙沙吹着……

齿轮间的爱情

齿轮穿过时间的机台,残月顺着针孔
落在油腻的钢锭,像青春残余的灰烬
电弧切割好流水的骨头而骨头被打包
装进一辆夜行的货柜车,它们被残月照亮
霜落在北方的田野,一定有星星挂在树枝
她们在齿轮的啮咬间,混淆着失眠、困倦
混淆着夜班女工午夜幽暗的天空与眼睛
将女性的幻象塞进齿轮,被辗轧的
铁片、塑胶、铝块……那些在齿轮
像黑胶油一样的爱情,沉滞的黏稠
蜷伏在车间的角落,蜷曲在异地、籍贯
年轮、房子……阴影下,像被废弃的零件
欲望半冷地躺在遗弃的报废箱

霜落在黑齿轮的啮咬,冷从黑胶油升起
白炽灯温暖绿塑胶树枝的秋夜,星星落在
螺丝的眼睑,赤裸的光在齿轮投下橘黄的生活

大海折叠波浪，机台拧弯钢管，从嘈杂的金属声
晦暗的黎明，管线在墙间生长，车灯闪烁
磨损的橡胶缚于齿轮，在力与力的挣扎中
崩溃的仪表、试管、溶液……齿轮挤碎窗外的残月
碎裂的爱情像铁屑从车刀洒落，沉重的冷却油滴落
纷乱的念头被洒在地上，月光里，白炽灯下
齿轮上的爱情穿透轮与轮之间的隙缝，它们迈着脚步
从针尖走过，铁被切割后女工脸上午夜般地寂静

冷却油从齿轮滴落，汞银灯柱上升或者下降
被机台推动的钢管疾驶过，巨兽刺穿星星鸣叫
十月沿齿轮滑入十一月的霜迹，夜，在机油滤网上
沉睡，被世俗紧固的铸件，以及世俗意味的一切
齿轮上走过铁钉般的冲动与激情，迷恋火焰的灯蛾
那无以名状的黏稠的现实，泵速上升，蜷缩低处的
悲伤，滑入喧哗而拥挤的料槽，被注塑机挤压、熔化
压进紧固后的模板，像十一月，闪烁在季节的阴影

像爱，从齿轮上走过，又被齿轮抛弃，像失恋的泪很快地被机台的闷热，烘干，消失……

钨钢刀

关进语言塔的诗,钨钢刀在高温炉战栗
词语、音节被焚烧的尖锐与稳定
我熟练地在它的躯体开槽、滚牙
它吐出迷人的曲线与完整的技艺
停泊舌头的铁锚与月光的积雪
漂泊的驴骨上剔下炉火般的爱情

钨与钢在淬火,混合,尖锐的刀具
它们剖开铁与生活,黑色的外表下
白色的内部呈现朴素的意义,在诗中
我用词语剖开词语的内部,它们敏捷
像鱼在河流生长,刻下潮汐的波纹
又被锅中的水煮熟,夺走生命的涛声

词语呵斥贫乏的技艺,被推进的钨钢刀
崩断现实的铁块,推动杆猛烈地挺进
机台上的昼与夜。饥馑的润滑油毁灭

它的心跳，困惑割断语言的血脉
风暴绞杀窗外的树枝，战栗在机台
蔓延，黎明在大地滚动

技艺之鸟叼住诗的颌骨，一张一合间
机器鸣叫，嘶——嘶——，钨钢刀
闪着寒光，像雪里的冰靠近寒冷
又与之融合，诗里的词闪烁语言之光
又被语言吞没，铁块被钨钢刀分割
诗歌清点明亮的光斑和废弃的困惑

鲆鱼向大海传递……

鲆鱼向大海传递盐粒,荔枝林向人间
赠送太阳的体温,从螺丝管眺望
迷雾、童年,在曲线上奔驰的车刀剖开
星星与蜜蜂,黏稠的蜜与汁洒满制品
黄油涂抹黄昏,甲壳虫穿过我的耻骨

暴雨带来秋水,秋水递来月亮,从机台
拾起螃蟹、柴油机喷吐的幻象和黑烟
雕刻机转动出交错的花蕾,分食果实
张嘴的铁夹头闭合,像一株食肉植物
捕获塑料、铁,油腻的导管将其消化

黑夜中滑翔的电,飞蛾般落在白炽灯
闪烁、跳跃,瘦弱的羽翼撩动晶状体
冷漠的光照亮冰凉之物,她们将塑料
铝片安装好,星星在蔚蓝的天空燃烧
车间的无影灯隐藏了我们温暖的影子

在昼夜不分的车间，厕所的脏玻璃
为我打开温柔的天空，它向我送来
温柔的事物：鸟、荔树林、不远处
开花的木棉，光投在马桶上的影子
分批将螺丝艰难而缓慢地塞入螺孔

祖先的诗句

藏在身体里的李白和他的远方
刻进骨头的杜甫和他的黎民
活在世俗的王维和他的禅意
东莞工业区的黎明，长久喘息的
机台，那被铁具困住的四肢、木架
细小的电线它们错综复杂的念头
机台伸出手，在塑胶上缓缓写下
彩色的憧憬，齿轮旋转外来工的梦
我想起在黄昏中的苏东坡和荔枝林
贬谪的南方，祖先们灰暗的南迁行程
异族人屠杀的血与剑，绵长的汉语
滋养出中国的诗篇，我在机器上
读《诗经》的植物，草木的哲学
在铁片刻下清晰明亮的日月星辰

灯光

黄昏中,点亮的灯火照耀
这个南方的村庄,点点滴滴的路灯
温暖着异乡人一颗在风中抖瑟的心
我说的爱,铁片,疼,乡音,它们
潜伏在我的脚步声里,荔枝叶间
它们起伏着,战栗着,摇晃着,
像那个疲倦的外乡人,小心而胆怯
你从来没有见过这么胆小的人
像躲在浓荫下的灯光一样
我爱着的尘世生活,忙碌而庸常的黄麻岭
风张开翅膀,轻轻吹过五金厂,纸品厂
毛织厂……一直地吹,吹过冬天开裂的手掌
吹过路灯下涌动着的漂泊者的爱情
他们的情话让我在缭乱的生活中
想起闪亮的温情,我缄默的唇间
战栗着,那些光,那些生活会漫过

我的周身,它在我的肩上拍着

"热爱着这平静的生活吧!"

安慰

我有一颗明亮而固执的心,它有自己的懊恼
忏悔,茂密的不幸与劳累,微小的怨恨
它们侧身过来,浸入我身体柔软的部分
成为遥远的事物,在我的血液和骨骼
转动,制造出希望,疼痛,疾病,幸福
这些图纸,线条,器具,它们会对我说
在生活中我们相遇也将相爱,我在
某个机台上打磨生活,涌动如潮汐的
未来,我收集着的爱,恨,青春,惆怅
正被流水线编排,装配,成为我无法捉摸的
过去,理想,未来,它们与爱情,亲人纠缠
似一根古老发黑的枝条,等待某个春天来临
我的往昔已沉入蔚蓝的天空,剩下回忆似星辰
若隐若现,安慰着我孤傲而温暖的心

尘世

多么幸福的一天,从大街上走过
我学习的热爱,宁静,它们像光线
从我的肩一直漫过头颅,温暖,明亮
在我们彼此的眼里,宽恕是浩瀚博大的
在尘世,我已一无所求,剩下爱与感恩
它们正来临,鸟儿愉悦地扇动翅膀
荔枝树开花结果,啊,那些奔波,疲惫
也清澈如流水,我已忘记了不幸
啊,请原谅,在这样的清晨,面对寒溪
它从远方来,又流向远方,剩下潺潺的鸣奏
延绵的回声在清晨,水仙开花窗台
蜘蛛结网林木,昆虫从青草丛里起飞
我将告诉你太阳正在升起

走着

慢慢走着,朝着灵魂,朝着比海洋更深的
爱,朝着一颗比天空更宏伟的心,朝着
比青草更为敏感的悲悯,这些微妙的感觉
从图纸黯淡的铅笔线条间,它是宁静
生活对于我已难以预知,日子片片坠落
在钟表尖锐的齿轮间,未来,还挂在枝头
它似一列从远方开过来的火车,我们有着
相约,却不知相遇后又将会如何
这颗脆弱的心,似盆中的水仙
在孤寂中寻找通往童年的秘道
它给我另外的面孔,阴影,雨水与不幸
我仍拒绝那虚弱无力的怜悯,我还有一颗
不幸却不屈服的心,它在清苦中感恩
想一想,那些比我更为不幸的人
他们是怎样穿越生活的荒原与海洋
穿越被不幸切割得支离破碎的生活
生活企图捂住我明亮的眼睛

我仍能感受它是一个波涛汹涌的地方

那么奇异，那么多苦与欢乐，都会被一颗

比海洋更深的心灵收藏

蓝

一小朵蓝开在天空,倾向于平静
一小朵蓝抵达炉火,询问着内心
更深的蓝在铁片,图纸,沾满油腻的手套
机器上轰鸣着的蓝,它滑落出一截
小小的春天,对一个人的爱情
像火,在锻打的铁片间,是蓝的
像花,开在窗外的梨树,是蓝的
他浅颜色的秘密,更远的——
荔枝林间,白色的鸟开始叫唤
去年的花落成一片蓝,在我的双眼里
游移。蓝,一些在焊接的火焰,它的身体
在摇晃,我模糊的念头和清晰的内心
生长,盛开一片轻微的蓝在爱里
静谧的蓝是打工生活的另一面,它的轻
它的浅,容易逝去的也容易霜冻的爱
在流浪漂泊中像微暗的蓝照耀着我
除了爱,除了蓝色的星光,叹息

机台上的铁屑，纸片，它们用低低的声音抹去车间的喧嚣，奔波，劳累。剩下一片蓝在爱里开出一片憧憬，一个未来的梦境

四月

黎明糅进了一滴铁锈的泪水中
她低头听见恍惚的声响

四月在窗外行走,荔枝林开花
紫丁香低于爱情,铁的背阴处
生锈的月亮,一个相信爱的人
举起持久而隐忍的悲伤

往事渐远,记忆斑驳
剩下炉火间的春天
照亮一张图纸上的荒凉与寂寞

这些锈消化着深处的黑暗与细节
晾在机台上的时光正经过,她低矮的想法
在四月长出深绿的眺望,她看见爱躺在
疲倦的工业区厂房里,从四川到湖南
还有更为遥远的想法,它们像产品抵达

一张绿色的合格单,泪水抵达分别

黎明正在灯火明亮的工业区扇动着翅膀
她的心让一点小小的铁锈创伤,窗外
爱情的露水给四月留下一个明亮的影子
而这一切,让她像铁一样坚硬地守着
一小块在奔波中的爱,一小片将要升起的阳光

后 记

当我唱完了那首歌谣，群星皆已熄灭

从天河搬到白云，生活的节奏因为疫情而改变。以前双休日，我都会到工业区转转，比如东莞、惠州、佛山、深圳等地。疫情期间，无法外出，在双休日写小说，抽半天时间爬白云山。沿山道行走，在山里转上三四个小时。山中的一草一木、一溪一涧、一崖一石……为了弄清楚白云山的树木、花草，我用"形色"软件了解这些植物，它能分辨照片中植物的名字、习性、价值……还有历代诗人是不是写过与这株植物有关的诗歌。几个月时间，我认识的植物越来越多，记住了很多有关植物的诗歌。这些在路上朴素得无人关注的花草，不仅有美丽的名字，还有很多诗人为它们写过诗。我越来越感兴趣，并重新认识古典诗歌的意义，特别是一些我以前从来没有关注过的诗人，他们为路边的花草写下的诗歌，如果不是刻意地搜索，我完全不知道有这样一位诗人存在。新诗的创作上，似乎很少关注具体的花草、山水。在白云山中散步，面对自然的山水，一些句子与念头突然涌上来，我边走边在手机上记下。

"当我唱完了那首歌谣，群星皆已熄灭"，这是我从黄婆洞水库朝黄道婆像的途中写下的句子。我沿梅花谷一直走到聆泉，聆泉很小，水很清澈，附近村民背着壶、扛着桶在接山泉水，山道竹林茂盛，山谷幽深，只剩一线天。我抬头望了望天空，一团像老虎样的白云正飘过，我在手机上写下"老虎抱雪走过天空"。回到家，我把这些句子整理好，放进一个文件夹。为了记住在山中认识的植物以及与它们有关的诗歌，我会写下一小段感受。

打工诗歌以现代工业化为背景，十几年前，我阅读了一些工业革命的文章与书籍，包括经济学的书籍。其时，我在工厂的车间装配一种塑胶制品，那家公司的制品大量出口，出口的地方很多，有美国、加拿大、法国、德国、日本、韩国、泰国、阿根廷、墨西哥、马来西来、尼日利亚、南非等国，从富裕的国家到不发达的国家都有，而价格与质量完全不一样。当时工友们关心的是订单的单价，好不好做，做哪个工资高些。至于它们出口到哪里，大家从来不关心。我却常常会问一些看来很幼稚的问题，为什么出口到不同国家的产品价格和质量会有差别？后来偶然读到经济史学家格雷戈里·克拉克的一些文章，他提到了一个很有意思的事情："1800年以前，在我们所能观察到的所有社会中，人均收入会有所波动，时好时坏，但却没有发生趋势性变化。……即使到1813年，大部分人的物质条件并不比他们非洲大草原上的祖先好。"而在工业革命后到现在，全球最富国家与非洲最穷国家的人均收入差距有四十倍之多，这在工业革命之前是不可想象的。而工业革命中最重要的行业便是纺织，当我站在黄道婆像前面——她是中国纺织业史上的先驱人物——想起工业革命，想起写过的打工诗歌。在工厂那段时间，我用中国传统咏物诗的方式写车间里的机器，车间的图纸、螺丝、车刀等都成为我诗歌中的意象，我在工业物象间寻找诗意。

古人写诗，万物皆可入诗。在白云山里行走，在认识那些植物的过程中，我开始思考在打工诗歌中，如何将工业名词入诗？如何将人类自身智慧创造出来的事物变成诗歌中的意象与传统，拓展打工诗歌内部的文学性与美学传统？我同时也思考了人类与机器、人与人类自己创造之物如何共处，让工业名词焕化出一种古老的诗意。有机地将工业名词与自然意象融合，让工业器物与诗意表达之间有了巧妙的平衡。工业名词像一把尖锐的"语言之刀"剖开生活的铁器，闪烁语言之光，照亮人类精神与内心的幽暗处，解剖人类面对工业的孤独、迷茫、伤害、创造。从重新认识自然开始，在我的诗歌中，人类与机器、工业与自然之间的关系呈现的不再是过去诗歌中表达的紧张与冷漠，它们之间和谐共存，这样，诗歌散发着工业机器般的节奏，密集的工业意象相互撞击，彼此制约，犹如工业齿轮般啮合，表达工业词语野蛮的生命力与工业自身的律动。

有一天，跟一个不写诗的朋友聊到现代诗歌，他问了一个很朴素的问题：写现代诗的诗人会不会把自己的诗歌给牙牙学语的儿童读。我不知如何回答他。他又说，为什么家长教刚学说话的孩童都是教他们背诵古诗，很少有人教现代诗，其实对孩童来说，无论是古诗古文，还是现代诗歌，在他们心里没有多少区别。他的问题很有意思。为什么呢？我问过一些诗人朋友，他们都没有回答。我们常说中国是一个诗教大国，"诗教"这个词出自《礼记》，无论是从"断竹，续竹，飞土，逐肉"这种记录古人日常劳动生活的民间歌谣发展起来的"国风"，还是"投足以歌八阕"这种"功成作乐"的传统发展起来的"雅乐"，抑或从远古举行的大型祭祀发展起来的"颂",或者"一国之事,系一人之本,谓之风;言天下之事,形四方之风,谓之雅。颂者,美盛德之形容,以成其功告于神明者也"。现代诗歌似乎与中国诗教传统开始断裂。这个很有意思的问题一直困扰着我,我想在这方面做一些探索。我写过一些很短的诗歌,以便于阅读与记忆,写了一批不超过一百二十个字、十行以内的小诗。在写这批小诗之前,我读了一些有关禅的文章、日本的俳句、魏晋的玄学等方面的书籍,试图将三者融入新诗之中,写了七八十首短诗,算是一种探索。对于新诗的探索,许多同行们都身体力行,比如现代禅诗、九行以内、八行、六节、汉俳等都有人探索过,用禅思来打通"古典"与"现代"看起来似乎是一条非常好的通道,废名、周梦蝶、洛夫、孔孚等前辈诗人在这条道路上有一定成就,我写了几十首之后,暂时搁浅了这种探索,觉得自己功力太浅。十年的工厂生活与七八年工业区的交流经验,现实主义在我的思想上打上了太深的烙印,修禅在于修心,而我的心尚不能静。

我不停地在白云山的山道上转来转去,从春天到夏天到秋天,面对白云山四时不同的风景,面对满眼青山,不同形状的石头,不同种类的树木,山中溪流、水塘、寺庙、古墓、悬崖、山洞……从认识的植物中重新认识中国的古典诗歌，我开始写这些诗歌。在诗歌的形式与结构上做一些有意思的探索，早些年，我写过一本叙事风格比较强的《玫瑰庄园》，写了八十首二十四行诗歌，四节六行体例。后来出版了一本《纯白》的十二行诗集，四行三节的结构。中间还断断续续写了不少十四行诗歌，我最早的十四行诗采用莎士比亚体，四四四二的形式，后来写的多为彼特拉克体的四四三三形式，这些十四行诗收录在我的诗集《行旅》中。《行旅》中的十四行诗主要写我在异国的感受。在白云山中行走，我想以田园山水为背景写一组诗歌，在这些诗歌中，我还是想在形式上做些探索，我采用的是五行三节，一共十五行，在这些诗歌中，我进行了更严苛的要求，力求每行长度一样。

中国新诗百年，一代又一代诗人在进行各种探索，从发轫期闻一多先生提出的音乐美、绘画美、建筑美的新格律诗到九叶派、朦胧诗、口语诗，大家从不同的维度对新诗进行有益的探索。我觉得新诗的探索应该注重如何"在变化中找回传统"。中国的诗歌史是一部复古与革新不断交替的探索史，比如在唐代陈子昂等人提出"在革新中有复古，在复古中求革新"的主张孕育了唐诗的高峰。

我把一组诗歌命名为"俗世与孤灯"，它隐喻我写这些诗歌时的状态，在最现代化的广州城的白云山间行走，从熙熙攘攘的人群中寻找诗意。每天挤着地铁上下班，回到斗室，青灯黄卷，推窗望外，是地铁、高速公路、汽车、高大的楼群、拥挤的人群、琳琅满目的商品……我十分熟悉这些场景，它们不断在我的诗歌中出现，我写过很多表达俗世的诗歌，我喜欢诗歌中充满人间的烟火味与俗世的争吵，它们是机器的声音、订单、图纸、塑胶、铁片、车刀……也是资本、商品、利润、GDP、跨国公司、网络，这些我熟悉的生活。当疫情不断改变着我曾经的生活节奏与习惯，我从热闹的工业区转身折进白云山与中国古典诗歌中，生活好像从俗世转向孤灯下，这些诗歌正是这种心境的转变。

图书在版编目（CIP）数据

庭院的鸟群 / 郑小琼著. -- 北京：作家出版社，2023.6
ISBN 978-7-5212-2137-4

Ⅰ. ①庭… Ⅱ. ①郑… Ⅲ. ①诗集－中国－当代
Ⅳ. ①I227

中国国家版本馆CIP数据核字（2022）第247655号

庭院的鸟群

作　　者：	郑小琼
责任编辑：	江小燕
装帧设计：	周思陶
出版发行：	作家出版社有限公司
社　　址：	北京农展馆南里10号　邮　　编：100125
电话传真：	86-10-65067186（发行中心及邮购部）
	86-10-65004079（总编室）
E-mail:	zuojia@zuojia.net.cn
http://www.zuojiachubanshe.com
印　　刷：	唐山嘉德印刷有限公司
成品尺寸：	142×210
字　　数：	83千
印　　张：	7
版　　次：	2023年6月第1版
印　　次：	2023年6月第1次印刷
ISBN 978-7-5212-2137-4
定　　价：	36.00元

作家版图书，版权所有，侵权必究。
作家版图书，印装错误可随时退换。